이제야 언니에게

李智雅姊姊，現在終於能說了

崔眞英최진영 著

曾晏詩 譯

目錄

第一部

本書提到的幣別皆為韓圓

我想把
可怕的今天撕碎。

打從十一歲起，智雅每天都會寫兩份日記，一份是交給老師檢查的日記，另一份是寫給自己看和珍藏的日記。給別人看的那份總是寫著大同小異的內容，有時候則是捏造出來的。上國中後，變成一天寫一份日記就好。有時候內容會長到寫掉筆記本的三、四頁，有的時候只是很勉強地寫下日期，如果什麼都不想寫，就只寫下「我什麼都不想寫」。等到一本筆記本都填滿了，再用報紙包起來，藏在衣櫃深處。國中畢業時，智雅將日記全拿了出來，沒想到竟超過二十本，想了想該如何是好，最後決定在院子裡燒掉。

燒日記的這天，智雅也會寫日記。

反正都要燒掉，妳幹麼還寫？智妮問。

反正人都會死，那幹麼還活著？智雅反問。

對智雅來說，她需要這樣的時間，埋葬一天的時間，靜靜坐下將日常鎖進文字裡的時間。把發生的事一件件寫下來，模糊的情緒也就漸漸聚攏在一處化作一個單字。在整理那些錯綜複雜的思緒時，反而會有意想不到的結果。寫日記時，智雅偶爾會哭，偶爾會想睡，偶爾也會有臉上泛起微笑的時候。

2008年7月14日智雅沒有寫日記，15日、16日、17日……將近半個月的時間都沒寫。

天空閃著閃電，下著傾盆大雨。智雅受不了雨聲，將窗簾拉了起來。爲了蓋過雨聲，智雅戴上耳機，打開音樂，但是因爲聽不到外面的聲音而感到不安，於是又拿下了耳機。空氣中瀰漫雨的味道，好像被雨浸濕的泥土、水泥散發出來的味道。智雅睡不好，所以全身痠痛、精神委靡。雖然媽媽買了助眠的藥，但是智雅沒有吃，因爲總覺得吃了藥，在自己沉睡的那段時間，不知道會發生什麼事。

智雅像暈過去似地昏睡，又睜開了眼睛。

書桌上開著一盞小小的黃燈。智妮躺在智雅身旁，將手放在智雅的手上睡著。雖然智妮有自己的房間，但從那天起，她每天都和智雅一起睡，在關上窗戶、拉上窗簾的悶熱房間裡，抱著冰袋入睡。智雅將電風扇對著智妮的腳。打開手機，智雅看著浮在螢幕上的日期，一臉茫然，這段時間發生的事交錯在一起，毫無時序地在腦海裡浮現。智雅坐在書桌前翻開日記本，日記停在7月13日。智雅心想，不能讓7月13日成爲日記的終點，14日我還活著，15日也還活著，16日也還活著，但那些日子都消失到哪裡去了？包包裡還有13日那天從圖書館借來的書，而且我還和昇昊講好，看完後要互相交換各自借來的書，我們還說好讀書紀錄冊上要塡上一樣的書。智雅翻開日記本的下一頁，盯著白紙好一陣子，寫下2008年7月，原本打算寫下28日，但一時衝動便寫下了14日星期一。智雅看著自己寫下的數字和字喃喃自語。

振作起來。

那天是漫長的一天，漫長到還沒結束。沒有盡頭的那天該從哪裡寫起呢？智雅緊握著筆。電風扇的定時到了，房間一片寧靜。智雅可以聽見牆上時鐘的秒針移動的聲音，靜靜地聽著聽著便數起了秒數，超過九百秒了，似乎這輩子像這樣數秒數到死也不錯。不用上學，不必和人見面，只要數到死亡的那一刻。智雅想像這樣的人生，覺得似乎也不錯。原本側睡的智妮翻了個身，發出微微的聲響。智雅將電風扇的定時器調到了3。

當指針的聲音被覆蓋，白紙又回到了智雅的視線內。

智雅想，一定要寫些什麼。

即使今天僅勉強寫下一個單字，明天也要加上其他單字，一個字一個字累積下去，寫成一個句子。大家只想抹去這一切。智雅也想抹去，但越想抹去，那天的感受就被更用力地拉回來，情緒高漲、變得巨大、就像惡夢裡的怪物將智雅壓倒。平常寫日記時，智雅總爲詞彙的侷限感到懊惱，扁平又單純的詞彙連眞正的感情邊緣都觸碰不到。當自己想形容風或陽光，風景和味道的時候也很匱乏，總覺得自己把立體給揉進了平面裡。

現在，智雅倒爲自己有限的詞彙量感到鬆一口氣，這樣一天就可以將那天不斷持續膨脹的記憶給束縛在單薄又簡單的詞彙裡。

智雅緊握著筆。

再一次握好筆。

在破曉時分，艱辛地完成一個句子。

我和昇昊去了市區的圖書館。回來的路上下起了雷陣雨，雖然昇昊有雨傘，但是兩個人撐太小了。爲了躲雨我們走進一間咖啡廳，一邊喝著冰美式，一邊看我們手機裡的照片。昇昊提議暑假一起去首爾，聽說首爾市的公車空間大、開得又慢，可以搭公車到處轉，玩到很遠的地方。雨很快就停了，我們一走出咖啡廳，濕熱的空氣便貼上肌膚。當我們搭著公車進入社區時，雨又從空中灑落，這時我們才發現昇昊的傘落在咖啡廳了。下公車後，我們邊淋著雨邊走，傾盆而落的雨珠之大，打在身上會痛，於是我們跑到巴黎貝甜＊前的遮雨棚下，雨打在瀝青上發出的聲音和白色水花包圍著我們。我因爲心情興奮而大聲地唱起歌來，昇昊靠近我，聽見我的歌便跟著一起唱，我們就像失心瘋般大聲高歌。好舒暢，好像把什麼給抒發了出來。昇昊唱了《爛泥蟲＊＊》，我叫他不要唱那首歌，他還是繼續唱，所以我也毫無顧慮地一起唱了。車子像在路上衝浪般地開，雨水像用水瓢潑似往我們的方向濺來。我們扯著喉嚨尖叫，還是繼續唱著歌。

雨勢變小，我們沒有雨傘，就這樣走著，雲移動地很快，天空很快又放晴，

＊ 韓國知名的大型麵包連鎖店。

＊＊ 原曲名為《개똥벌레》，直譯為狗屎蟲，是螢火蟲在韓國的俗稱。狗屎蟲一名的由來源自於中國典籍《菜根譚》中：「糞蟲至穢，變為蟬而飲露於秋風；腐草無光，化為螢而耀采於夏月。」韓國人自古亦認為螢火蟲白天多棲息於狗屎、牛糞等排泄物中，到了晚上才跑出來。由於韓語的狗屎也可以引申為廢物、沒用的東西，故書中以「爛泥」來比喻。《爛泥蟲》這首歌是韓國歌手辛炯琬（신형완）於一九八七年發表的歌曲，歌詞的內容憂鬱，描寫不被身邊的人了解、重視的人心中的傷痛。二〇〇〇年前後的小學生會在音樂課學到這首歌，並當作童謠來唱。許多人長大後再次吟味歌詞，才發現內容如此感傷。

大馬路的盡頭出現彩虹。感覺一日之間，我們便看盡了整個夏天可能會出現的所有天氣。

幸好，書沒濕。

梅雨季過後，天氣非常熱。睡一睡，還會因爲太熱而被熱醒好幾次。頭頂也會因爲光線直射而感到灼熱，但即使如此我還是喜歡夏天。我喜歡幫全世界殺菌似地落下的陽光，也喜歡像今天一樣淋著突然驟降的大雨，這種時候盡情嘶吼也不覺得害羞。就算被蚊子的聲音吵醒，那一刻我也喜歡。我也喜歡冬天，一想到上下排牙齒冷得喀拉喀拉作響的天氣心裡便感到悸動。冬天下著神奇的雪，美麗、優雅的冬天樹木淋著雪變得更優雅。我也喜歡冬天澄澈的天空、嘴裡哈出的白煙、毛毯、橘子，也喜歡看著夜越深越往高處上升的大犬座和獵戶座，見證地球轉動了這麼多的瞬間。

再過兩個夏天和冬天我就二十歲了。媽媽說當公務人員最好，爸爸則叫我考教大，但是我想把外語學好，學很多語言，感覺當翻譯或口譯應該很酷。想到想做、想學的事我便不禁擔心錢的問題。我想出國，沉浸在我完全不懂的語言裡會是什麼感覺呢？我很好奇當我還是孩子、當我才一歲的時候，我是怎麼看這個世界的。當時在我的耳裡，大人們說的話聽起來是什麼樣子呢？要是能記起那個時候就好了。恩瑞說她想當外交官，當她說到「外交官」這個詞的時候，我覺得好棒。昇昊說雖然自己還沒想到要做什麼，但他也不想照爸爸說的去做。伯父已經跟昇昊說，如果不是法律系或醫學系就不送他去唸。慶昊哥會重修，也是爲了送他去唸首爾的法律系。雖然我有想做的事，但是我不確定也不積極，也沒有像外交官這麼明確的答案，我只覺得現在很好，日子過一天是一天。

那天智雅在給老師檢查的日記中寫下：

早上起床吃了咖哩，我和智妮一起去文具店逛信紙，還在儂特利吃了照燒漢堡，晚上和昇昊騎腳踏車玩。因爲沒寫補習班作業，只好隔天早起，再去補習班前把作業寫完。

眞正的日記則寫下爸爸和媽媽大吵一架的事。兩人在聊奶奶的事，講著講著就大聲了起來，爸爸跑了出去，媽媽則是擺著一張可怕的臉，把家裡全都翻了一遍大掃除。媽媽只要生氣就會大掃除。先用吸塵器吸地板，再跪下來用抹布到處擦，接著再把廁所的磁磚擦到快脫落似的。如果媽媽還洗了棉被或窗簾，就代表眞的非常生氣。那天，媽媽洗了棉被。智雅和智妮爲了躲媽媽和吸塵器，從房間逃到客廳，從客廳逃到廚房，再從廚房逃到客廳，咚咚咚地到處跑，最後還是出門了。兩人還刻意繞了遠路到學校的遊樂設施，玩了盪鞦韆和蹺蹺板，還有小心翼翼地爬著攀爬架玩鬼抓人。午餐時間過後，太陽變大，沙子也變熱了。兩人討論著運動場太熱，該去哪裡好，最後決定去河邊。智妮說回家騎腳踏車再出來，智雅則說與其花時間回家騎腳踏車，不如用走的去更快，提議直接出發。因爲感覺回家，爸媽又會吵架。智雅不想看到生氣的大人。

智雅和智妮在路上一點一點地舔著從超商買的冰棒。前往河邊的途中，兩人經過一間泉水教會，教會的庭院和人行道上都是大人，看來禮拜似乎剛結束。教會前很擁擠，有的人上了停在路邊的車，有的人拿著螢光棒，說著來、來，指揮把車開走的人，有的人則是過馬路。兩人手牽手，邊走邊避開大人的腰和胸。頂著滿頭汗，手上滑滑的，陽光又刺眼，腳步一個遲疑，智雅鬆開了牽著智妮的手，智妮的冰棒也掉到了地上。智妮一臉憤怒地抬頭看著大人們，智雅見狀趕緊把自己的冰棒遞過去，但是智妮並未接過冰棒，臉上的怒氣也未消散。智雅擔心智妮生氣大喊，不希望大人因此注意到兩人，於是便把自己的冰棒硬塞進智妮手裡，然後撿起掉在地上的冰棒，自顧自地拉著智妮往大人少的方向走。姊姊、姊姊。智妮叫著智雅。把那個丟掉，很髒欸，都沾到泥土了。智雅想先脫離剛剛那個地方，一陣東張西望後，發現教會旁邊的圍牆有垃圾袋。姊姊，我叫妳丟掉啊。智妮催促著。知道啦，我要丟在那裡。就在智雅轉頭跟智妮說話時，撞上了某個人。智雅看著撞到的人，是一位穿著白色短袖襯衫的男人。男人的手和褲子、智雅的衣服都沾到冰棒。男人發出「哎呀」還是「啊」的聲音，智雅不發一語地盯著爛成一團的冰棒和髒掉的衣服，應該要說對不起的，可是卻開不了口。

是智雅啊。

男人說。

是智雅對吧？妳不認識我嗎？我是叔叔啊，妳不記得了嗎？

男人笑著說。智雅鬆了一口氣，覺得應該不會被罵。男人指著庭院另一邊的水龍頭說，先去洗一洗吧。於是兩人跟著男人。

男人一轉開水龍頭，水便透過短短的水管噴了出來，男人先洗手，再沾水搓著褲子。智雅把幾乎都融化的冰棒丟在水槽邊，男人從水槽退開看著智雅，智雅一將手放在水管底下，男人便轉著水龍頭控制水壓。智雅洗完手，接著用手接水淋在沾到冰棒的衣服上，再重新接水洗洗臉。男人抓著水龍頭，等待智雅慢慢地梳洗完畢。因爲口渴，智雅又接水，正打算喝時，男人說，欸，別喝。那是生水，我拿水給妳。男人大步地往教會前的遮陽傘走去，傘下有很多大人聚在一起喝放有冰塊的咖啡或果汁。智雅叫智妮也洗洗臉。男人從保冰櫃裡拿出小瓶的礦泉水之後，朝智雅招了招手。智雅關上水龍頭，牽著智妮的手朝男人走去。男人將凍了半瓶的礦泉水遞給智雅，智雅喝了三、四口後，將水遞給智妮。智妮喝完水，擦了擦嘴後，帶著好心情說，啊，眞涼爽。男人從皮夾裡拿出兩張一萬元給智雅，但智雅只是直盯盯地看著鈔票。

叔叔見到妳們很開心所以才給妳們的。以後我們應該會很常見面，下次見到要打招呼喔。

男人笑著，將一萬元分別塞到智雅和智妮的手裡。她們是誰啊？是我們教會的小孩嗎？有個女人向男人搭話。是我堂哥的小孩。住在鐵路上面的社區。妳認識李議員吧？她們是他的姪女。男人邊回話，邊從保冰櫃再拿一瓶水遞給智雅，接著跟她們說可以離開了。於是姊妹倆雙手拿著冰涼的水瓶和一萬元，離開了教會庭院。

姊姊，妳認識那個大叔嗎？

智妮問。

之前爺爺過世的時候好像有看過，妳不記得嗎？

嗯，我知道。

是嗎？妳不知道吧？

才沒有，我也想起來了。

眞的？

嗯，好像有看過。可是也不確定，大人都長得差不多。

對啊。那個大叔和三班的老師長得好像。

可是那個大叔說他是我們的叔叔？可是爲什麼是叔叔啊？

他說爸爸是他的堂哥，也知道我們家住在鐵路上面的社區。

堂哥的話，就像昇昊一樣不是嗎？

嗯，就像昇昊一樣。

那他應該和爸爸很熟不是嗎？可是爲什麼我們不認識他啊？

也是有不熟的堂兄弟姊妹啊。我們班的敏芝就說她和堂弟沒見過幾次面，連他長什麼樣子都不記得。

爲什麼？

因爲親戚都住得很遠。我們的親戚幾乎都住在這裡，所以我們很常見面啊。

爸爸有幾個堂兄弟姊妹啊？

不知道。不過果園的姑姑應該是爸爸的堂妹吧。

眞的嗎？

妳不知道嗎？

不，我知道。姊姊，我們用這個買漢堡帶過去吧。

智妮邊說邊把手上的一萬元拿出來。智雅說不要用那個錢，用自己身上的錢買來吃，把叔叔給的錢先拿給媽媽看。智妮說知道了。

智雅和智妮坐在樹蔭下吃完漢堡後，便走進水裡玩，兩人試圖抓一條小溪哥，但並非眞心想抓，也撿了海螄，但也只是數一數撿了幾顆後就放回河裡了。兩人坐在披著陰影的寬石頭上休息，智妮說她想睡了，便枕著智雅的膝蓋，很快地便入睡了。智雅將手放在智妮的臉頰上，自己也有點睏了。

遠方傳來昇昊的聲音，智雅艱辛地睜開眼睛，朝聲音傳來的地方望去，昇昊正騎著腳踏車靠近。

我去妳們家找妳們，妳們都不在。

昇昊說。

我還去了火車站、學校，一直在找妳們。

昇昊從口袋拿出手機。

我有手機了，媽媽把她用過的給我。

那大伯母怎麼辦？

媽媽買新的啊。

昇昊打開手機蓋後拿給了智雅，智雅看了手機液晶螢幕中的照片，下午三點二分，心想媽媽稍微氣消了吧？

不過我媽說我爸不久也要換手機。

昇昊說。

如果我爸換手機，就叫他把用過的手機給姊姊好嗎？

爲什麼要給我啊？

如果姊姊也有手機不是很好嗎？我們也可以傳簡訊啊。

我不需要。

如果我們在不同的地方，要見面的時候可以聯絡，不是很方便嗎？

我們見面的時候哪需要這個啊。你看你現在不是也找到我們了嗎？

我可是繞了整個社區哎，一路繞到火車站鐵路那端哎。

昇昊的音量一提高，智妮便睜開了眼睛，看到昇昊後馬上坐起來揉眼睛，然後扭著身體發出啊啊聲後，看到昇昊手上的手機問，那不是伯母的嗎？現在是我的了。昇昊回答。昇昊將手機號碼告訴智雅和智妮，和兩人說之後要找他，不要打家裡的電話，打那支號碼給他。

我們哪有機會打手機找你啊？

智妮說。

我們上學在一起，放學後也一起去成功補習班，而且從我們家到你家用跑的只要五分鐘耶。

總之我現在有手機了，所以叫妳們打給我嘛。而且像今天這樣不會在學校見面，我和妳們不就分開玩了嗎？還有，妳們來這裡爲什麼不叫我？

你星期天不是要去教會嗎？

教會剛剛結束了？

智雅想到剛剛在教會遇見的叔叔，猶豫著要不要跟昇昊說，因爲只知道是叔叔，連名字、年紀都不知道，要怎麼說明昇昊才聽得懂呢？

剛剛我們經過教會……

我們的教會嗎？

不是，是泉水教會。我們在那裡遇到某個叔叔，說是我爸的堂弟。

啊，咖啡色頭髮、長得很高、眼睛這麼大、鼻子扁扁的大叔嗎？

智雅想著，昇昊說的人是自己看到的那個人嗎？

可是他叫我叫他大叔就好。那位大叔昨天晚上有來我們家，吃過飯後還和我爸媽聊了好一陣子才走。說之後會住在這裡。消防局後面不是有新蓋的公寓嗎？他說他搬到那裡去。

那你之前有看過那個叔叔嗎？

不知道，好像有看過，又好像昨天是第一次見面。

既然那個男人拜訪過昇昊家，也和他們一起吃過飯，昇昊也說見過那個男人，於是智雅覺得安心。不知道媽媽打掃完了沒？爸爸發著脾氣出門，今天晚上也會帶著渾身酒氣回家嗎？不想回家和趕快回家，智雅在這兩個想法之間擺盪。

三人在河邊抓蜻蜓、堆石頭、丟石頭，玩到五點出頭才爬上河堤。智妮坐在昇昊的腳踏車後座，叫他載自己，於是昇昊便載著智妮，先騎到遠處，再折返回到智雅附近，不斷反覆。就這樣三人慢慢地，最後終於到家。昇昊一隻腳踩著腳踏車踏板，另一隻腳踩著地板，又再次告訴兩人自己的電話號碼，接著邊喊著「打給我」，邊踩著腳踏車離去。兩人打開大門走進庭院，庭院左方掛著長長的曬衣繩，掛著兩件夏天的被子。摸起來已經乾了，鬆鬆軟軟的。

畢業典禮，媽媽和智妮，以及大伯母和昇昊都來了。我用壓歲錢買了禮物送給恩菲、孝珠、美英和美珍，恩菲的禮物是一組螢光筆，孝珠的是毛線手套，美英和美珍則是一對放在一起會拼成一幅圖畫的情侶馬克杯，兩人各拿一個杯子，大家都很喜歡自己的禮物。恩菲送給我一本（厚厚的）線圈筆記本，等我寫完現在的筆記本，就要用這本當作下一本日記本。美英送給我的髮夾，和美珍送給我的包包吊飾娃娃也好漂亮。孝珠把巧克力和糖果一個一個包裝起來做成愛心送給我，她眞的很擅長做這種東西，如果要把巧克力拿出來，就得破壞愛心的形狀，所以我應該永遠都不會吃吧。

英恩和秀芝也有送我禮物，但是我沒準備，因爲我沒想到她們會送禮物給我……如果她們覺得難過怎麼辦？

還有，東宇送了我手環。最初我不知道那是禮物，因爲他從自己的手上拿下來給我。收下手環，我一句話也沒說，想著這是什麼，東宇才說這是畢業禮物，是他親自挑選珠子，用釣魚線串成的。當我和美英、美珍走出教室的時候，他叫我過去他那裡一下，於是我走向走道盡頭，他便突然把那個手環給我，而且還說了對不起，因爲當政久他們那群人在欺負我的時候，他只是袖手旁觀。嗯，的確是這樣。政久和道榮到處造謠嘲笑我，不過，我只是覺得他們幼稚而一笑置之，想說他們這麼做，到底是有多了解我和昇昊，但是我越不理他們，他們就越生氣，就好像不被人當一回事般……但是，我的確不把這當一回事，若不這樣，又能怎樣呢？總之他們好像因此覺得很受傷，有好幾天都對我口出惡言。反正他們也不是第一次欺負和辱罵女生，所以我也從未想過東宇應該要阻止他們，所以我還滿驚訝他會向我道歉。當我對他說沒什麼好抱歉的時候，他說總之他覺得愧疚。好奇怪，總是該道歉的人不道歉，可以不必道歉的人卻來道歉。東宇說他本來想寫信，但最後還是沒寫，說完便遞給我一個黃色的信封。我打開信封一看，是一張寫有手機號碼的紙條。他說如果之後我有手機，希望我能傳簡訊和他聯絡。東宇笑得很詭異，像是除了笑之外，也不知道該做什麼表情才笑的樣子？既然收下禮物，照理來說我應該向他道謝，但我卻說不出口。其實我很尷尬，不確定自己是否感謝他，但我感覺得出來東宇想說的不是那番話，因爲他猶豫了好久才開口，可是沒想到竟是如此平淡的內容。我邊走回美英和美珍身邊，邊把手環收到口袋裡。她們問我怎麼了，兩人說了些什麼，我只是回說沒什麼。感覺這麼說，似乎眞的沒什麼。我把手環放進東宇給的信封後，放進抽屜裡。

我拿著花束，輪流和同學照相。也和智妮、昇昊拍了照。然後我們一起坐著大伯母的車，到市區吃義大利麵和披薩。大伯母給了我十萬元，要我上國中前去買個新的書包。

回家後，我、智妮和昇昊用巧克力派疊成蛋糕，舉辦了只屬於我們的派對。智妮說我成了國中生就可以穿制服了眞好。不過我想如果所有人都穿著一樣的衣服，走在同樣的路上，頂著長度統一的頭髮，從後面看應該認不出我來，一開始應該會分不清楚誰是誰。我還是覺得現在好。昇昊說以後我們就不會上同一所學校了。是啊。我們不會一起上國中、高中，大學的話……什麼大學？我真的會活到二十歲嗎？太難想像了。

晚上爸爸和堂叔大叔一起（帶著渾身酒氣）回家。大叔一邊恭喜我畢業，一邊遞給我信封，說是禮物。我在打開信封前，就知道是手機了。媽媽推託說，幹麼買這麼貴的東西給小孩子，會養成壞習慣。大叔則講了很長一段話，說智雅哪裡像會養成壞習慣的孩子，大哥為了和我一起工作，連大女兒的畢業典禮也沒參加，我覺得很抱歉又感謝，邊說邊摸著我的頭和肩膀。之前我有聽到媽媽和爸爸說的話，大伯父也在大叔的工作上投了很多錢。大叔出現後，大人只要聚在一起就變得嚴肅、認真，有時候還會過度興奮，雖然以前大人們也很常談錢的事情，但是現在是只要聚在一起，就真的只講錢的事，談著要在哪裡買房子，買地來開發之類的話題。

大叔送給我的手機是白色的 Anycall Slide（Samsung），雖然不知道多少錢，但應該很貴吧，最近廣告打得很凶。我一邊道謝，一邊心想，我好像不需要這麼貴的東西。加上大叔送給我這麼貴的禮物，明明應該帶著感恩的心，但心裡卻覺得怪怪的，有些不自在。以後看到大叔就會想到手機，感覺自己應該要好好聽他的話，就像硬是欠了什麼債一樣。今天東宇的手環、大叔的手機都給我這樣的感覺……沒想到禮物竟然能讓人如此不自在。

之後，有半個月的時間我既不是國小生，也不是國中生。

等我上了國中，我就從小孩變成青少年了嗎？眞好笑，我居然成了青少年。幸好我和美英、美珍上了同一所國中，明天來傳簡訊給她們吧。

五分鐘後見，昇昊傳了簡訊過來。智雅戴上包包和墊子，打開大門走出去，就看到轉進街角的昇昊。

智妮也要去。

智雅留著打開的大門說。

智妮不是沒參加寫作大賽嗎？

因爲這樣她就得自己一個人在家。

自己一個人待一下又不會怎麼樣。

她說很無聊。

和其他朋友一起玩就好啦。

她說要好的朋友都和家人去吃飯，或是去玩了。

嬸嬸去工作了嗎？

嗯。智妮說你畫畫的時候她要在旁邊，沒關係吧？

可是沒有報名的人可以去嗎？

沒關係吧。反正那裡是觀光景點，除了參加寫作或寫生大賽的人之外，也會有很多人來玩，去年也是這樣不是嗎？

智妮打開玄關的門走了出來。

喂，既然妳要去，老師叫妳參加寫作大賽的時候幹麼不參加。

昇昊對智妮說。

這樣去了不就要寫作文嗎？明明是玩耍的日子，很麻煩耶。

隨便寫寫再玩就好啦。

如果只是隨便寫寫那乾脆不要寫。我一旦決定要寫，就要寫好。

參加的人有麵包和果汁，我可不會給妳喔。

我才不會吃你的。

我才不會給妳。

你不給我，我也要吃。

智雅跟在兩人身後，走一走便抬頭望著晴朗的天空。小學的時候，只要到了兒童節，智雅就會和昇昊去參加寫作和寫生大賽。如果是春秋兩季，這樣的活動很多。兩人帶著散心的心情參加，智雅寫散文，昇昊畫圖，智雅經常得獎，昇昊則是幾乎每次都得獎。智妮的班導師想說姊姊很會寫文章，所以妹妹應該也很擅長寫文章，於是去年便建議智妮參加寫作大賽。因此智妮在全國寫作大賽上寫了詩，第一次參加就拿下第一名，驚豔所有人。但是之後智妮便不願意再參加下一場寫作大賽了，就算罵她也沒用。不要，我不想參加，我不想就是不想。邊說邊別過頭去。老師打電話請媽媽說服智妮，智妮便說不要去上學，把自己鎖在房間裡不出來。大人不了解她，智雅也不了解，但是也無法理解大人爲何強求智妮參加，寫的人又不是他們。智雅很羨慕智妮。除了羨慕智妮文章寫得好之外，更羨慕她總是可以說出「我不要」。大人總說智雅是老大，穩重懂事，說智妮是老么，所以不懂事。智雅不喜歡這種分法，因爲這樣自己就會被擺在離「我不要」三個字很遠的地方。

約莫三十分鐘後，公車抵達郊外的觀光景點。下了公車，智妮改口說要跟著智雅，說要是和昇昊在一起，遇到老師應該會被罵。姊，結束後打給我。三人在停車場分開時昇昊說。

智雅帶著智妮往西邊的入口去，在那裡遇到了同校的學生和仁松老師。智雅在報到處領了稿紙和零食後，等待大賽公布詩的題目。題目是「春天」和「門」。

智雅在松林邊鋪上墊子。智妮吃著智雅領來的麵包，智雅則拿出練習本來。突然有人開心地呼喚智雅，原來是秀芝，這是兩人進國中後第一次見面。秀芝問能不能一起坐，智雅將包包移開，騰了個位子。秀芝問美英和美珍過得好不好，智雅說兩人過得很好，仍然每天黏再一起行動，同時心裡想起了恩菲。智雅和恩菲很要好，也以爲兩人會一直好下去，但上了不同的國中後，就再也沒有聽到她的消息了。智雅傳了好多次簡訊，始終沒有得到回覆。

恩菲也過得好嗎？

嗯，恩菲？孔恩菲？

她不是跟妳上同一間學校嗎？不是嗎？

秀芝猶豫著，接著回答，

嗯，我和恩菲同班。

智雅總覺得這個回答哪裡怪怪的。

妳以前和孔恩菲很好對吧？恩菲什麼都沒跟妳說嗎？

因爲我一直聯絡不到恩菲……

恩菲搬家了。就在開學沒多久後。

搬家？恩菲嗎？爲什麼？搬去哪裡？

不知道，就默默地搬走了。

吃完麵包的智妮說要到處逛逛，便起身離開。不要走太遠。智雅吩咐著。不會啦。智妮邊說邊穿上鞋子。妳拿著這個。智雅將手機遞給智妮。

恩菲發生什麼事了？

智雅邊看著走遠的智妮邊問。

嗯，我們聽到一些傳聞，但是老師說沒什麼，而且還說我們是恩菲的朋友，不要說她的壞話。

壞話？

畢業的時候，恩菲送給我一個鉛筆盒。是紫色的，上面掛著圓圓的拉鍊，嗯，跟那個差不多。

秀芝用眼神示意了智雅的鉛筆盒。

上了國中後，我就用她送我的鉛筆盒，但現在不用了。因爲每次看著鉛筆盒就讓我想起恩菲，覺得心裡五味雜陳的。到現在還是有人會罵恩菲，我討厭跟那些人說話，但很多人都認爲他們說的是對的。這一切讓我覺得很反感，於是乾脆連恩菲都不想。

秀芝的話讓智雅想到了澀琪。她在新學期開始沒多久，在同學背起彼此的名字前就被排擠了。澀琪喜歡笑，也很會說話，即使彼此的關係陌生，她也會先向對方打招呼，挽著對方的手問要不要一起去福利社。可是卻有三四個人開始說她的活潑很「自以爲」、很「反感」，其中屬文珠最過份。只要澀琪一開口就凶她。喂！妳少自以爲了。如果澀琪隱藏自己的表情、低調地行動，文珠就會說妳連呼吸都讓人噁心，感脆別呼吸好了。同學都圍繞著文珠，好像建起一層層的圍籬。

某天，澀琪缺席，隔天澀琪的媽媽來學校。

班導命令全班同學跪在教室地上，拿著籐條敲打了好幾次講臺，雖然班導還可以更生氣，但還是難掩他強壓下來的表情和語氣，他用嚴厲的語氣說，同學遇到這種事情，你們卻袖手旁觀、視而不見，你們真的很卑鄙，身為你們的導師我很丟臉、很羞恥，所以說女生能成什麼大事，你們一開始就有劣根性。孩子們縮著身體，承受班導的憤怒和輕蔑。接著班導要我們所有人坐回位子上，發給每個人一張白紙，要我們寫道歉信給澀琪。很多人心不甘情不願地邊寫邊哭，從那天起，本來對澀琪沒興趣的同學，甚至本來就對澀琪感到抱歉的同學都離她遠遠的。甚至還有同學說，張文珠本來就那樣，上小學的時候是出了名地愛排擠人家，我們也沒辦法啊，可是姜澀琪卻害我們所有人被罵。

之後，文珠還是有五六個人像牆一般地圍繞著她行動，而澀琪仍是獨自一人。

開學第一天走進教室時，唸同一間小學所以不陌生的紫英先向智雅搭話。智雅和紫英的朋友度恩也變得很要好。三人總是一起吃飯，一起去福利社。智雅常想，如果當時紫英沒有先和自己說話，如果自己有什麼地方讓張文珠看不順眼，會怎麼樣呢？但是自己沒有先和澀琪說話，是因爲害怕紫英和度恩會討厭自己，怕被她們拋棄。每次看到澀琪，智雅就會先想到這兩個朋友，一方面珍惜她們的存在，一方面也有點討厭她們。如果澀琪是恩菲呢？如果張文珠也很凶地叫恩菲不要自以爲呢？一想到這裡，智雅就無法繼續寫文章，雖然很想再多問一些恩菲的事情，可是秀芝也在寫作，總不能妨礙她，於是自己在練習本上反覆地寫著「門」和「春天」，同時心裡想著無論如何都要找出來，找出澀琪的缺點，找出爲什麼澀琪會被排擠的理由，但是想到張文珠有這麼惡劣缺點，爲什麼被排擠的不是她呢？恩菲又爲什麼會被排擠呢？智雅心中不斷浮現問號，總覺得自己越想捏造那些不存在的理由，越覺得自己很卑鄙。

妳要寫散文對吧?寫很多了嗎?秀芝看著智雅的練習本問。原本智雅想反問妳寫了多少,但是卻脫口而出,是誰?是誰這樣對恩菲?秀芝一臉驚訝地咬著原子筆頭。

嗯……我也不知道恩菲是怎麼和那些大哥哥混在一塊的,可是我也看過幾次恩菲在補習班下課後和那些大哥哥一起走。

秀芝咬著原子筆說。

可是混在一起就代表很熟嗎?我也搞不清楚,我有看過恩菲和他們在一起,可是我不知道當時她的表情如何。發生那件事之後,大家都說恩菲和那些大哥哥不是很熟嗎?恩菲想跟他們一起玩,所以先主動接近他們,被父母發現後才說謊。老師的話也讓我有點在意,他說我們是恩菲的朋友,所以不要講她的壞話,但是聽起來老師的意思好像是,只要是關於恩菲或那些大哥哥的事都不要提。

智雅聽到這些感到很意外。

可是那些大哥哥是誰？

是和我們唸同一間補習班的國三生，上清湖國中和大成國中……不知道，他們玩很凶，可是大哥哥們不都那樣玩嗎？聽說我們學校有些三年級的學姊和他們很熟，老師把她們叫來問，她們也說是恩菲喜歡他們，老跟著他們，他們才沒有強迫恩菲做什麼事。可是他們像流氓一樣打恩菲，對她做壞事的時候，那些學姊又不在現場，她們只是單方面聽那些大哥哥說的話不是嗎？

智雅自然地想到偶爾會在新聞上看到、聽到的事，還有在有線頻道上瞄到的電影場景，心裡同時產生了想知道更詳細的內容，和不想再了解下去的心情。

可是我們班長說，那些大哥哥本來就是那種人就算了，恩菲爲什麼還跟他們混在一起，爲什麼晚上還出去，一口咬定是恩菲的錯，說自己認識的大人全都這麼說。一直聽到這樣的話，我也開始搞不清楚了，很想問恩菲，可是她已經不在了……

秀芝用力地咬著原子筆頭，後面說的話有些模糊。

那他們有說既然很熟，爲什麼還要打她嗎？

不知道智妮是從什麼時候、從哪裡開始聽的，突然在一旁提出了疑問。

如果像流氓一樣打她、對她做壞事，那就不是好朋友啊。好朋友才不會這樣。

就是說啊。

秀芝用原子筆邊敲打筆記本邊回話。

一群笨蛋白癡。

智妮邊反覆開闔手機螢幕，邊自言自語。

智雅不希望智妮聽到這些事，害怕她會跟爸媽或朋友說。

智妮，剛剛妳聽到的事絕對不可以跟任何人說。

智雅叮嚀著。

我知道啦。

智妮回答。雖然嘴上這麼說還是問了爲什麼不能說，智雅想了一下回答，因爲都是一群笨蛋白癡啊。

智雅和秀芝最後都沒有交出作文。智雅將寫滿「春天」、「門」和「好奇怪」，以及畫滿斜線的練習本收到包包裡，把墊子折起來。和秀芝分開後，智雅在手機通訊錄裡找到恩菲的電話，打開寄送簡訊，猶豫了一下便直接把螢幕關起來。

智雅和智妮在停車場和昇昊會合。媽媽說會來接我們。昇昊說。昇昊把自己拿到的麵包給了智雅，智雅打開包裝後，將麵包分成三等份，將一份遞給昇昊後問他是否這次也得獎了。所以我媽才說要來啊。昇昊邊咬著麵包邊回答。

智雅呆呆地回到家後，打算洗澡而脫下衣服，發現內褲上沾著褐色的髒汙，但一開始沒意識到那是血。雖然學過也知道是月經，知道月經來了該怎麼辦，但是沒想到知道和眞的遇到的距離這麼遠。還以爲會是鮮紅色的呢，以爲會流很多鮮紅的血，沾濕整件內褲。智雅用衛生紙擦了自己的陰部，沾上了類似的褐色，於是智雅把智妮叫來，問她，這是血對吧？智妮和智雅關上浴室的門，談著苦惱的話題。那天晚上智雅刻意把日記寫得很長，想把筆記本給寫完，然後拿出恩菲送給她的筆記本。

發生在我身上的事不像紙張，就算撕掉、燒掉也不會消失，更不可能當成沒發生過，但是我想將它刪除。爸爸媽媽也一樣，希望把這件事當做沒發生過，但是他們的方法太荒唐。他們把所有的錯推給我、毀滅我。把現在的我當成垃圾，把我丟到垃圾桶卻說都是爲了我好，都是爲我的未來著想。可是我想撕毀的不是我自己，而我卻一點一點地被撕毀。

假設我睡覺的時候家裡遭小偷，假設小偷的力氣比我大，到處都是可以成爲凶器的東西，如果我起來大喊有小偷，那麼我可能會被殺掉，所以我才閉著眼睛裝睡，直到小偷出去爲止。過程中我最珍惜的東西被偷了，是我的錯嗎？假設我賭上性命和小偷對決，結果被他壓制，我受傷又骨折，小偷就不會偷東西了嗎？假設我抵抗到一半被殺掉了，小偷就不會偷東西了嗎？因爲我沒有大喊或抵死反抗，毫無作爲就代表小偷沒有錯嗎？大家都這麼說，遭小偷的我錯得比小偷還可惡，是我做了活該遭小偷的事。我不知道。我不知道我身上到底發生了什麼事。好可怕。沒有任何人願意相信我，大家都懷疑我、指責那是我的錯。大家把我說得好像我的人生已經毀了。會念書又聰明的孩子，明事理又善於表達的孩子，怎麼可能會傻傻地讓人糟蹋。最近的孩子有多狡猾、多奸詐，不能因爲她哭哭啼啼地說，就無條件相信，她一定沒有說實話。這些話，他們以爲我聽不到。

當大家問我覺得丟不丟臉時，我不知道。我不知道我的心情如何。我有點困惑，我應該要感到丟臉嗎？把這一切都寫下來之後，我更明白了。我不丟臉，我很痛苦。對我說那些話的人你們都該遭遇看看，遭遇我所經歷的事，在和我一模一樣的情況和條件下遭遇我所經歷的事。這樣你們就會明白爲什麼我無法反抗，爲什麼我感到的不是丟臉而是痛苦。如果你們也經歷過，現在你們所無法理解的一切，你們要求我說清楚的一切疑點，還有就算我說了你們仍覺得是狡辯的那一切，就會眞相大白。怎麼會是我在狡辯呢？狡辯的人是加害者不是嗎？難道在你們眼裡我才是加害者嗎？

我一點也不丟臉，那不是我的感受。我沒有做錯任何事，一點錯也沒有。

智雅的爸媽凌晨就到昇昊家去了，智雅大約九點起床，煎了蛋，拿出牛奶和玉米片。智妮穿著睡衣走進廚房打開湯鍋。

沒有海帶湯。智妮不開心地說。

可能因爲明天是中秋節吧，到時候會有很多吃的。智雅邊說邊把玉米片倒進智妮的碗。

那些是中秋節的食物，又不是我生日要吃的。

妳不是老嫌海帶湯很腥，不想喝嗎？

可是姊姊妳不是喜歡海帶湯嗎？

那妳是想到我，才想喝海帶湯的嗎？

不是。

智雅將牛奶倒在玉米片上，接著把煎蛋放到智妮的面前問，

那妳有想要的禮物嗎？

家人的關心和愛。

用錢可以買得到的。

Olympus 數位相機。

三十萬元以下的。

嗯……三十萬元的話太曖昧了。

智妮邊咀嚼玉米片邊苦惱，接著說，

那昇昊和姊姊可以合買一雙運動鞋給我嗎？

於是智雅傳了簡訊給昇昊，馬上就得到回覆。

好啊，那晚上一起去市區。

不能現在去嗎？

我要去K書中心，下週就期中考了，你們學校什麼時候開始考？

不知道。

妳明明就知道。

姊姊，妳乾脆在家念書好了。

因爲妳，所以不行。

我怎麼了。

妳不是會看電視嗎？這樣我無法專心。

姊姊，妳想上很好的大學嗎？

什麼意思？

不然妳幹麼這麼早就開始念這麼多書？

念書才有成績啊。妳不是也已經知道小學和國中的考試根本天差地遠嗎？

我不知道啊。

妳明明就知道，上學期期中考妳哭得有多慘。期末考也哭，考完一星期後又哭。

姊姊。

幹麼？

今天我生日耶。

生日快樂！謝謝妳來當我的妹妹。

接近下午五點的時候，智雅走出K書中心，昇昊和智妮已經在公車站等她。三人搭上公車後，逛了幾間店。智雅和昇昊兩人的錢加起來不夠買智妮想買的運動鞋，差不多還差兩萬元左右，而且智妮非那雙鞋不可，還說如果要穿其他鞋子，她寧可打赤腳，最後是智雅和昇昊的錢，再加上她自己的錢，才買到她想要的運動鞋。回到社區後，他們還買了鮮奶油蛋糕，智妮穿著新買的運動鞋，開心得不得了，話匣子停不下來。智妮的話智雅大概有一半都沒聽進去，她看著在西方的天空暈開的黃色晚霞。現在還綠油油的樹葉披著黃光，用力地搖擺，就像快被搖散一樣。如果這時能留下一張我們背影的照片就好了，希望有人能幫我們拍張照。智雅這麼想。接著智雅聽見微弱的喇叭聲，回頭一看，一輛黑色小客車慢慢地靠近。

家裡應該有很多吃的，你們還買了蛋糕啊？堂叔將手靠在車窗處問。

因爲今天是智妮生日。昇昊回答。

你們要一起辦生日派對嗎？

沒有大人，就我們自己。

大人連今天是我生日都不知道哩。智妮附和著說。雖然講得很生氣，但是聲音中仍然帶著興奮。

慶昊呢？

慶昊哥不跟我們玩，他只跟大人說話。

慶昊和智雅差幾歲啊？

兩歲。姊姊和我也差兩歲。心情好的智妮馬上就回答堂叔。

智雅明年就上高中了對吧？

智雅回答是，同時想著像這樣的問題，今年大概已經聽不下百次了吧。

雖然慶昊是長孫，但是平常智雅看起來更成熟。像今天大人都很忙，妳還懂得照顧弟弟妹妹。

堂叔從西裝口袋拿出皮夾，抽了好幾張一萬元遞給智雅，說是要補貼他們的生日派對。智雅猶豫著要不要接過錢。堂叔把錢塞到智雅手中後，慢慢地把車開走，留下飛揚的塵土。

每次見到大叔他都會給錢，皮夾裡一直有錢跑出來。

智妮看著堂叔漸行漸遠的車自言自語。當智雅知道堂叔是付薪水給爸爸的人之後，總覺得拿他給的零用錢很不自在。如果說沒關係推辭的話，他總是說「大人給的，說謝謝收下就對了」然後強迫自己收下。智雅不想被堂叔討厭，如果堂叔說自己很成熟，感覺就應該更成熟才對。堂叔平常總是先叫智雅，如果有天突然先叫了智妮或昇昊，心裡便有點失落。智雅摸了摸堂叔給的錢，便全都給了昇昊。

為什麼給我？

昇昊不知所措地問。

你的錢最多啊，都你拿去吧。

智雅隨便搪塞一句後，便走在前面。

昇昊家的人好多。廚房、客廳、房間都擠著吃飯、喝酒或打牌的大人。智雅、智妮、昇昊夾在大人之間快快地吃完飯，便從家裡溜了出來。這段時間天色也暗了，黑漆漆的天空，星星一點一點在閃爍。三人回到智雅家之後，昇昊便提議到屋頂上去。屋頂不會太冷嗎？智雅說。我等一下準備外套和喝的上去。智妮邊開玄關的門邊說。智雅從倉庫裡拿了墊子，和昇昊一起爬上屋頂。
秋天看不到什麼星星。兩人在屋頂中央鋪好墊子並肩坐下後昇昊說。我看得很清楚啊。智雅回答後，指著東邊的天空。
仙后座和仙女座正在緩緩上升。再過一下會看得更清楚。
要過多久呢？
當地球轉這麼多的時候。
智雅將手對著天空打開手掌說。
去年冬天，智雅和昇昊一起看了《希臘羅馬神話》，白天看書，到了晚上就盯著夜空尋找白天讀到的故事。
姊，書上說仙后卡西奧佩姬（Cassiopeia）接受坐在椅子上倒掛在天空中的懲罰，然後以那個樣子變成星座，可是宇宙也分上下嗎？宇宙中也可以顛倒嗎？

昇昊看著東邊的天空問。小時候夜空看起來就像天堂一樣，但現在智雅覺得那裡似乎混雜了地獄。昇昊倒頭躺在墊子上，打了個大呵欠。本來抱膝坐著的智雅也伸長了腿，舒服地躺下。哇哈哈的笑聲從社區某處傳來，火車的聲音漸漸靠近，隱隱約約可以聽到火車抵達的廣播聲。起風了，屋頂上乾枯的落葉也像跳舞似地在翻滾。

妳找到英仙座了嗎？昇昊仰望著夜空問。

正在找。和昇昊望著相同地方的智雅回答。

姊也有喜歡的人嗎？昇昊看著智雅問。

我就說我正在找啦。望著夜空的智雅回答。

不是，我是說喜歡的人。

嗯？

大家不都會有喜歡的人嗎？感覺姊姊應該也有。

聽到有人上樓的聲音，智雅往樓梯方向看過去，先是看到智妮的頭，再來是胸部，和她手上拿著的外套和紙袋。智妮坐在墊子上將外套分給智雅和昇昊後，從紙袋裡拿出罐裝啤酒。

我打開冰箱就看到這個。

智妮輕輕晃了晃手上的啤酒，昇昊發出喔喔的感嘆聲。

喂，不行。

智雅說。

那姊姊妳不要喝。

對，那姊妳別喝。

我是說除了我，你們都不行。

姊姊就可以，我們就不行？

姊，妳喝過酒嗎？

她說她跟朋友喝過。

你們還小啊。

妳這樣講，乾脆去跟慶昊哥玩。

對，從今天起，姊去跟慶昊哥玩。

智妮打開啤酒，滿出來的泡沫，浸濕了墊子。智雅在蛋糕上插了蠟燭，智妮喝了一口啤酒皺起了眉頭。

這什麼味道啊。

智妮把啤酒遞給昇昊。

好像有點麥茶汽水*的味道？麥茶汽水摻了什麼的味道。

昇昊邊吟味邊喃喃自語。智雅劃了火柴點起蠟燭後，以固定的速度拍手。昇昊、智妮也跟著智雅拍手，正打算唱生日快樂歌，智妮卻唱起了其他歌曲，在一小節快結束前，昇昊和智雅也跟著唱，不知道的部分就含糊帶過，唱到

「別走啊、別走啊、你們別走啊」，三人便一起大聲唱。風將蠟燭的火吹滅。當歌曲的第一節一結束，三人都捧腹大笑。

喂，你怎麼知道這首歌？智妮問了昇昊。

不知道，反正就是知道。

什麼啊，我們怎麼都知道這首歌。智妮笑到都快哭似地說。

可是這首歌的歌名是什麼啊？昇昊問。

爛泥蟲。

爛泥蟲是什麼？什麼蟲嗎？

螢火蟲。

＊ McCOL，韓國的老牌汽水，用麥茶加入氣泡做成的汽水。

螢火蟲叫做爛泥蟲？

可是生日爲什麼要唱這首歌？

不知道，我就突然想起來。

我問螢火蟲爲什麼叫爛泥蟲。

應該是綽號吧。你叫李昇昊，又叫做白熊不是嗎？

白熊？昇昊是白熊？

直到現在人家叫他「白熊！」他還是會自動回頭。

當三人的笑聲稍微冷靜，智妮喝了一口啤酒後說。

我們以後生日就唱這首歌吧。「祝你生日快樂」這首歌太無聊了，唱著唱著都沒感覺了。

可是生日的時候唱那首歌，歌詞有點悲傷說。

一開始不是有唱到「爛泥搭的墳」嗎？爛泥蟲就是爛泥蟲，不是螢火蟲啦。

你明明就不知道爛泥蟲是什麼。

妳也不知道啊。

我知道！叫著叫著便入睡的蟲都叫做爛泥蟲。

可是每次生日都要唱這首歌？

智雅又再次爲蠟燭點火。智妮開始唱歌，三人便拍著手，聳著肩站站起來跳舞。遠方傳來了汽笛聲。

晚餐時間廣播社的所有成員第一次聚會。三年級學姊們買了很多吃的，大家一個個地打招呼，感覺很緊張。閔素淵學姊也來了，當她和大家打招呼時，所有人都在歡呼，就好像看到藝人一樣。學姊說她覺得我的參加申請書寫得很好，當時我害羞地臉紅，一句話也說不出來。因爲很多人是爲了當主播或節目製作人而申請，爲了寫節目腳本而申請的人不多。一年級的時候跟著學姊們邊做邊學，二年級就可以寫腳本，還可以決定音樂。不過也要留到那時候才有可能，聽說有很多人會中途放棄。大家邊打招呼邊吃蛋糕、麵包和紫菜飯捲，接著抽籤排班。我抽到每個星期一中午，和恩瑞一起幫忙廣播的工作。恩瑞是五班的，畢業於大靜女中，她頂著一頭短髮，髮色很黑，個子比我高快一顆頭。她笑的時候，會習慣低著頭微微晃動腦袋，讓我覺得很有魅力，希望她能一直笑。她的話不多，但口齒清晰。她一邊存下我的手機號碼，一邊稱讚我的名字很漂亮，然後依她的習慣笑。加入廣播社讓我認識素淵學姊，又遇到恩瑞，感覺眞的是來對了。這裡競爭很激烈，我眞的很幸運。我一定要留到最後，等我升上三年級，也要像學姊們一樣買很多吃的請大家。

2007年4月11日　星期三

今天數學課睡覺被抓到了，我連自己睡著了都不知道，眼睛盯著黑板，看著看著就閉上了。聽到老師叫我的名字，睜眼一看，才發現自己趴在書桌上睡著了，嚇得我抬起頭來。老師說如果想睡就到教室後面站著，如果換作英文老師，一定會大吼大叫地痛罵一頓。數學老師人眞好，眞希望我的數學也能很好，可是太難了，期中考也得考好才行。當老師叫我，我醒來的前一刻，好像本來在做很棒的夢，但因爲聽到老師甜美又溫暖的聲音，所以張開眼睛時更驚訝，夢碎了，就像被潑了冰水。最近我每天都想睡，休息時間也睡，上課時間也時不時會睡，睡醒了覺得好累，一直想睡。讓我想起剛進國中的時候，有好幾天我都在想，到底什麼時候能回家，那時候也的確覺得很累，但不至於上課時間會不知不覺地睡著。我還在適應嗎？還是已經適應完了？因爲都適應了所以想睡嗎？還是正是因爲還沒適應而想睡呢？往後的三年，我該不會都是以嗜睡的狀態度過吧？不要來啊，睡蟲，拜託滾開。今天那個來了，我跟秀貞借了衛生棉。之後到福利社買衛生棉的時候遇到素淵學姊，她買了巧克力給我。我因爲捨不得吃，而放在置物櫃裡。晚自習我也睡掉了大半時間。雖然安排了計畫表，卻連一半都沒完成。沒能完成的計畫持續累積，漸漸成爲一座巨山。

早上上學等公車的時候，我遇到了堂叔，他在對面按喇叭，仔細看才發現是他。堂叔拉下車窗大喊我的名字，旁邊的人都盯著我看。他將車子迴轉後開到我前面，說要載我上學。在車上，堂叔說我的學校歷史悠久，還出了位法官，又說他和我們學校的校長和哪個哪個老師很熟，還說下次見到我們校長，會和校長提到我。我說千萬不要這樣，不要向任何人提起我。堂叔問我會覺得很有壓力嗎？我說當然有壓力啊，我不想成為校長認識的學生。遇到紅燈的時候，堂叔問我知不知道他的電話，同時拿出名片給我。名片上除了寫得斗大的公司名稱，還有像沙粒般大小的字寫著滿滿的，像是什麼委員長、什麼副會長之類的職銜。堂叔是怎麼一次負責這麼多工作的呢？他大概幾歲呢？我到現在還是很難估算大人的年紀，應該超過三十了吧？我有聽大人稱讚他年紀輕輕，很了不起。幾歲算是年輕人呢？不過要不是堂叔說我們學校出了法官，我還眞不知道這件事，但是我不太喜歡他的說法。那個法官是從我們高中畢業之後成爲法官，是因爲他自己認眞念書得到的成果，可是大人非得用這種方式來聯想。有時候眞覺得堂叔這人不怎麼樣，尤其什麼都用名聲、錢或類似的標準來判斷好壞的時候。可是事實上又有哪個大人不是這樣，爸爸媽媽也這樣，只有大人這樣嗎？重要的是我要一直告訴自己不要有那樣的想法，那麼成爲那樣的大人的機率應該比較低。話說我好像把堂叔的名片放在制服的口袋裡，可是回家一看，卻不在口袋裡。

今天也在上學等公車的時候遇到堂叔，他又載我去上學了。堂叔說以後每天早上他都可以載我去上學，只要不是出差或是有急事的時候。我說沒關係。堂叔又說，反正他也是順路上班，汽車比公車還舒服不是嗎？我說不用，我喜歡搭公車，而再次拒絕他。堂叔又說別這樣，不要多想。我說每天和堂叔約時間好像也很麻煩，眞的沒關係，又拒絕了他。總覺得對大人說不要有點沒禮貌，所以我才說沒關係，但想想除了堂叔，我好像也很常對其他人這樣。我持續說著不知道算不算拒絕的話，但反覆回答沒關係，讓我漸漸覺得「有關係」了，雖然我很感謝堂叔載我，但心裡卻莫名感到反感。我跟恩瑞說了這件事，她說自己也有過相同的想法，所以如果自己已經回答過一次，下次就乾脆不回了。我說我連不要都無法好好說出口，不知道做不做得到，恩瑞就說一起練習。說說看「不要」，恩瑞說。我看著恩瑞，心想我不討厭妳，於是，我說我無法和妳練習。說看看「不要」。不要。說看看不要。我不要。

於是我們就這樣一來一往，一直不斷地笑。我們一直說著「不要」，害我都不知道這個詞是什麼意思了，就像我不認識的單字一樣。

我和智妮、昇昊一起去賞花，我們騎著腳踏車，往南騎到河邊，但是人很多又吵雜，於是爲了找到人少的地方，我們一直騎到了井安里。以前只有搭公車經過，還沒眞的進到村子裡過，有點緊張，但是因爲有智妮和昇昊作伴，所以我也不太擔心。我們沿著田間小路一直直走，看到果園和小山坡。果園旁邊的路有幾顆大大小小的櫻樹，櫻花的花瓣灑落一地，地上一片雪白，風一吹來，白色的花瓣便捲起大大小小的旋風。我今天特地帶了以前用的底片相機，手機的相機雖然方便，但是會一直忘記去洗。大家一起拍三人照、兩人照、獨照，一下子底片就拍完了。

我們坐在樹下聊天聊到一半，昇昊便講了個祕密。因爲眞的是祕密，所以連日記我也不能說。昇昊一說完，智妮的反應太大，所以我就沒說我的祕密了，但其實我的祕密也和昇昊一樣，如果只有我和昇昊兩人，我應該會說出來。

回到村裡，我們在小吃店點了紫菜飯捲、泡麵和豬排一起分著吃。塡飽肚子後，也有了力氣，於是我們便往上騎到縣洞，在廢校的遊樂場一起看夕陽。有點後悔剛剛把底片都拍完，沒多留幾張。

好久沒和智妮、昇昊一起度過整個星期天了。小時候我們幾乎每天玩在一塊，現在漸漸沒有時間膩在一起，以後更是如此吧。之前聽伯母和媽媽在聊昇昊的事，說不知道昇昊是不是進入青春期，話變少了，也不喜歡待在家裡，就算在家也是整天待在房間裡不出來，本來以爲昇昊是個溫順的孩子，所以不擔心他進入青春期，但這孩子這麼反常更叫人擔心。不過今天一整天和昇昊相處下來，嗯……好像的確話比較少了，但他本來也不是話很多的孩子，也不像伯母說的那樣性情大變或叛逆。雖然看起來有點黑暗面，但是智妮和我也一樣，我們都有各自的陰影，我不覺得這陰影是不好的，偶爾多虧那個陰影，才能讓人變得獨特。

雖然大人都沒發現，但是我偶爾也會這樣。想罵髒話、想哭、想死，覺得我好淒慘、好茫然、好不幸，會因爲奇怪的東西笑個不停，不管看到誰心裡都會撲通撲通地跳。不，不是看到任何人都這樣。

有時候我會覺得這輩子我都過完了，有時候會覺得自己像被困在玻璃珠裡。有時候我覺得我變成大人，看著現在的自己。那感覺很眞。

有時候像是現在的我在看已經成爲大人的自己。成爲大人的我看起來就好像某個年輕的阿姨，成爲大人的我比現在時髦，但是一樣平凡。我以爲自己會聽著深奧的音樂，把歌名都記得很清楚。成爲大人的我總是獨自走著，奇怪的是，成爲大人的我總是待在秋天裡，秋天的背景、秋天的衣服，我還會覺得有點冷。

昇昊上國中後就不去教會了。他說因爲小學的時候，那裡還會有很多朋友，所以才去的。昇昊不上教會，反而我爸和我媽從去年起居然開始認眞地上教會。總覺得不是爲了上帝，而是因爲可以見到很多朋友才去的。

應該帶點掉落在地上的花瓣回家的，如果夾在書櫃之間讓它乾燥，之後再發現，就會想起今天。

廢校運動場也有櫻樹。太陽下山時，陣陣紫丁香的香氣伴隨著風傳來。現在還不到紫丁香開花的時候，廢校的某處有早開的紫丁香啊。

井安里的小河眞的很淸澈、透明，將手貼在水面上，感覺就像冬天的門把一般冰涼。

昇昊又長得更高了，雖然他總是比我高，我也不知道他到底有多高，但感覺確實如此。昇昊踩著腳踏車，好像一點也不累，我叫他慢慢騎，都說超過十次了。

我喜歡智妮的敏感，如果智妮不敏感就不是智妮了。但是有時候我實在也搞不淸楚她是從哪個時候開始生氣的，不知道智妮是不是覺得我也是如此呢？

櫻樹下，智妮講起去慶州玩的事，當她不經意地說出「精采的墳墓」一詞，讓我獨自感到驚訝。

真不希望今天就這樣結束，所以我也不想結束日記呢。

智雅和智妮並肩站著，兩人煎了泡菜煎餅。昇昊打開玄關的門進來。那是什麼？智妮看著昇昊手上的紙袋問。昇昊打開紙袋給智妮看，裡面有烤地瓜。智雅在房間裡展開折疊桌，擺上食物。昇昊在脫下外套前，先從外套口袋各拿出一顆橘子，又從其他口袋和內袋掏出了超過十顆的橘子。智雅打開電腦，從電影資料夾中開啟《情書》，三人靜靜地看著電影，這是去年智妮定下的規矩，看電影的時候不准講話。

男主角是因爲女主角長得像初戀才愛她的嗎？

電影一結束智妮便發問，好像有點生氣。

應該是很確定自己夢中情人的樣子吧。妳想看看自己喜歡過的人啊，是不是都長得很像？

我只喜歡過一個人。

到目前爲止只喜歡過一個人？

嗯。

誰？

等我不喜歡他之後再告訴你。

原來是暗戀喔。

你呢？

我怎樣？

你很確定自己的夢中情人是什麼樣子嗎？

嗯。

那你的夢中情人是什麼樣子？

我喜歡的人啊。

你喜歡的人就是你的夢中情人？

昇昊邊剝橘子邊點頭。智雅因爲好奇是否下雪了而打開窗簾，窗外的星星是那麼地清晰。外面傳來玄關門打開的聲音和爸媽的聲音。昇昊來了嗎？媽媽問。昇昊打開房門，鞠躬打招呼。我們出去吧。昇昊邊穿外套邊說。這麼冷還要出門？智妮用毯子包著肩膀問。沒那麼冷。要去哪裡？哪裡都可以，家裡很悶。智雅打開衣櫃，拿出了外套。昇昊從衣架上取下圍巾，遞給了智雅。智雅圍著圍巾，邊咀嚼昇昊和智妮的對話。想起目前爲止自己喜歡過哪些人呢？思考長得很像這件事。

好想去海邊。

昇昊邊打開大門邊說。

喂，你不是說不冷嘛！

智妮套上連帽外套的帽子，打了昇昊的背。

我們明天要不要去正東津？

爸媽才不會讓我們去哩。

如果跟他們說我們三個人一起去應該會答應吧。不然乾脆不要說，我們早上去，晚上回來不就好了。

補習班怎麼辦？

明天不是放假嗎？

三人的影子隨著路燈，有時凝成一片，有時又分開成兩片，又再融合成一片。智妮和昇昊有一搭沒一搭地說著要不要去看海。先決定現在要去哪裡吧。智雅說。要去KTV，還是去咖啡廳，還是搭公車去市區。說著說著三人走到了十字路口，剛好發出了簡訊傳來的聲音，昇昊拿起手機來看。

要去看煙火嗎？聽說等下河邊有。政宇傳簡訊問說，沒事的話要不要一起去看。

對耶。我有看到廣告布條，河邊有送年慶典。

嗯，沒錯。他說慶典最後是煙火秀。

於是三人往江邊的方向走，在儂特利前面和昇昊的兩個朋友會合，兩個人智妮都認識，雖然智雅不認識，但總覺得面熟。

他是政宇，他是泰希，我們上同一間補習班。

智妮向智雅介紹兩位朋友。接著智妮、政宇、泰希走在前面，智雅和昇昊則走在他們後頭。

他是很厲害的 B-Boy，還參加過全國大賽。昇浩指著泰希說。

你最近不畫畫嗎？我看你好像都沒去參加比賽。智雅問昇昊。

不畫啦。

爲什麼？

上國中後就沒去美術補習班了啊。昇昊說著便輕笑了一聲。都畫這麼久了，有點可惜。智雅說。

我不覺得啊，我沒感覺，別人叫我畫我才畫的，也不是我喜歡才畫。

那我也不是因爲喜歡寫作才去參加寫作大賽的嗎？智雅突然想起了恩菲。用恩菲送的筆記本寫日記時自己經常想到她，但不知道從什麼時候開始，便把她忘得一乾二淨。幾年前在寫作大賽上聽到恩菲的事，自己只覺得震驚，但現在想起來，對於爲什麼恩菲會消失，自己有了不一樣的想法。對她做壞事的那些人過得如何呢？如果他們還沒離開這裡，是不是我也曾經與他們擦肩而過？對面有四、五個穿著黑色衣服的男人大聲嚷嚷地走過來，智雅直盯盯地看著他們想。恩菲應該失去了很多東西，而我失去了恩菲，不但失去了，甚至忘了我失去她的這件事實。恩菲又會怎麼想呢？她會希望我不要忘了她嗎？不要忘記又是什麼意思呢？我連她在哪裡、過得怎麼樣我都不知道，想著她又有什麼意義呢……狹窄的人行道排著緊密的行道樹和路燈，爲了閃避路上的男人，智雅的身子斜向車道，差點跌倒。當智雅一隻手抓著行道樹穩住身體時，自己忽然恍然大悟，恩菲一輩子也無法和發生在她身上的事切割。

只要想到恩菲，就會想起她的遭遇，恩菲就連在某個人的記憶裡也無法自由。對面走來兩個女人，智雅想像兩人中如果有一個人是恩菲，她會笑著開心與我相遇嗎？妳過得好嗎？過得如何？怎麼都沒跟我聯絡！我可以這麼問嗎？那恩菲又會怎麼回答我呢？對不起，都沒聯絡。要是她莫名其妙地道歉怎麼辦？又或是我爲了不觸及傷痛，小心翼翼地過濾自己說的話，觀察她的表情，讓她感到更難受怎麼辦？智雅越想越讓自己深陷自責和無力感之中，似乎自己好像懂了，爲什麼恩菲會消失。這些都是三年前智雅沒想到的事。恩菲的遭遇直到現在才刺激到了智雅。如果是我會怎麼樣呢？我該如何活下去呢？

姊，妳怎麼了？

昇昊抓著智雅的手肘。

妳怎麼突然這樣？

昇昊抓著智雅的雙臂，將她往人行道內側帶。智雅的思緒被打斷，這才看到眼前的事物，可是智妮不見了。

智妮呢？她去哪了？

她過馬路到那裡去了，往河邊的方向。姊一直快步前進，我一直叫妳，妳都不理我。

智雅東張西望地尋找智妮，昇昊靜靜地看著智雅小聲地說。

怎麼了？姊，妳在想什麼？

智雅看著昇昊的表情，大概可以猜到自己的臉色。

唉，我不想去那裡了。

感覺那些人會出現在河邊，在那裡笑著享受慶典。

我知道了，那我們不要去。

我希望智妮也不要去。

好，我打給她。

昇昊拿出手機，邊按快撥鍵邊抓著智雅的手臂，將她拉到建築物的樓梯上站著。不知道是不是智妮沒接，昇昊掛斷電話又再撥了一次。智雅咬著唇看著路上來來去去的人們，站在斑馬線前等紅燈的人、開車的人、邊抽菸邊聊天的人、在任何地方的人，搞不好那些人就在人群中，還有擁護那些人的人，和被那些人遺忘的人。

智妮說馬上就來，我叫她過來找我們。

昇昊掛完電話後說。

她自己來嗎？

應該吧，不知道。

智雅走下階梯開始走。

妳要去哪？

昇昊一面跟上來問。

去接智妮。

我叫她來找我們啊，要是錯開了……

智雅毫不猶豫地繼續走。

等等我。昇昊緊跟在智雅後面說。

姊，一起走啦。

我無法撕掉。我不能撕掉。撕掉就無法說明現在的我。重要的是現在，比美麗的過去更重要，比更好的未來重要。現在的我還活著，所以我還有以後，我也一定有以後。

那些以爲我的人生已經裂成好幾塊的人，他們說事情都發生了還能怎麼辦，這輩子就只能這樣了，就是這麼倒楣。瘋子。這種事是我太倒楣？只有那個人的人生只有一次，不能因爲一次的失誤而毀掉……那個人早已經毀了，他自己毀了自己卻連我也毀掉。

但是妳也有錯。大伯父這麼說。

這件事要是傳出去，只有妳吃虧。大伯母這麼說。

奶奶說，我們都曾遭遇過類似的事，也都這樣活過來了。等時間過了自然會好起來，總有一天還是可以面對面過日子。只要妳下定決心當作沒事，大家才能過上平靜的日子。

本來還以爲女孩子文靜又乖巧，沒想到又是吸菸、又是喝酒的。聽警察說她也不是處女了，那麼是誰先推倒誰的，又怎麼知道。這話還是出自那個被稱作校長的人。

女孩子這麼大膽，沒事幹麼一個人到後巷去，當初要是沒去那種地方不就沒事了。如果要計較誰的錯根本沒完沒了。果園姑姑說。

沒有人幫我說話。應該是不想跟我站在同一邊吧。他們都以爲自己不會遭遇和我一樣的事。他們怎麼可以這樣。如果我能理解他們怎麼可以這樣，我就能翻頁進入人生的下一頁嗎？記憶就讓它留在記憶裡，我就能抹滅我所有的感覺嗎？他應該沒打算理解我吧？但我想理解他，因爲我好痛苦，因爲我不知道他爲什麼要這樣對我，我太痛苦了。他可以選擇不那麼做不是嗎？他怎麼能做出那種事呢？但什麼是理解呢？我知道了的意思嗎？知道他怎麼能做出那種事，那麼如果我能理解，之後我這個人還在嗎？我受得了理解他的自己嗎？

大家覺得我所經歷的事如塵埃般微不足道，叫我像撢灰塵一樣拍掉。但是這不是灰塵，這重如泰山，將我壓死，使我動彈不得。我還活著，我還能動，能走、能看、能說、能跑，會哭、會笑，也會判斷。我可以寫，我正在寫，我可以的。

雨從凌晨開始下，即使到了早上，窗外還是一片灰暗。智雅這天起晚了。姊，我先走嘍。智妮邊出門邊說。吹乾頭髮，穿上制服，背好書包，智雅打開玄關的門，打開傘桶僅剩的一支傘，但是卻無法固定，於是智雅一手抓著傘柄，一手往上撐著傘骨，往巷子走去。智雅在便利商店買了塑膠傘，丟掉壞掉的雨傘後便到公車站等公車，接著一臺小客車停在她前面。雨下這麼大，快上車。堂叔說。堂叔擔心智雅會遲到，把車開得很快，所以智雅抵達學校時並沒有遲到。要是搭公車可能就遲到了。那一刻智雅心想，還好堂叔有出現。午餐時間昇昊傳簡訊給智雅，問她今天晚上有沒有要晚自習，智雅回說可以不用參加。那麼晚上我在那裡等妳。昇昊回傳。雨一陣大一陣小，又一陣大，不斷反反覆覆。晚上智雅離開學校，搭公車回到社區，耳朵掛著耳機邊聽音樂邊往火車站走去。撐著塑膠傘，聽著喜歡的音樂，智雅心想這一刻眞美好，夏天的雨和風，和腳踩的每一步，一切都很美好。雖然沒吃晚餐有點餓，可是連這份飢餓感都很美好。智雅走進便利商店買了三明治和可樂。從火車站廣場往左方走五十公尺左右，會出現停車場，再往裡面一點走會出現草叢，草叢裡有兩個生鏽、老舊的貨櫃，裡面堆著像是常備用品和肥料，還是水泥之類的東西，但是已經沒有使用，此外還有來路不明的布袋和雜物。去年春天智雅和昇昊發現了那個地方，之後他們便經常在那裡見面。走過火車站廣場，走過停車場，智雅打開了貨櫃的門，可是昇昊不在。於是智雅走進去，打開放在角落的塑膠櫃抽屜，裡面有香菸和打火機。智雅放下包包，叼著菸點了火。正當她摘下耳機轉過身來，沒想到堂叔竟站在貨櫃門前，因爲嚇到，香菸掉在地上。我在便利商店的時候就在叫妳了，看來妳音樂聽得很大聲呢。堂叔笑著說。堂叔走進貨櫃，撿起掉在地上的香菸遞給了智雅。好意外，沒想到妳會抽菸。可是妳是怎麼買到香菸的？店員沒有檢查妳的身分證嗎？智雅拿著菸站著，避開了堂叔的視線。沒事，抽吧，沒關係。堂叔說。我不是那種老八股，我也是從妳這個年紀開始抽菸的。妳也差不多要成年了吧？明年嗎？智雅將香菸捻熄。堂叔看著智雅的動作，似乎覺得有趣而大笑。堂叔叫智雅在這裡等一下之後，便走出了貨櫃。智雅擔心要是堂叔向其他大人說該怎麼辦，也想起之前他談起校長的事，該不會是去報警吧？智雅猶豫了好一陣子，決定先等等，等堂叔來聽他怎麼說，然後拜託他千萬不要跟任何人說。堂叔很快就回來了，手上拿著黑色塑膠袋。他從袋子裡拿出一條菸放進抽屜裡，說是禮物。堂叔身上散發難聞的酒味，他從袋子裡拿出啤酒罐、零食和飯捲等東西。堂叔說和不喜歡的人一起喝酒，現在才覺得餓。吃過飯了嗎？堂叔邊開啤酒邊問。沒關係，我不餓。不用怕，雖然現在的妳以為妳犯了大錯，但是等妳上了年紀，這些都是回憶。我每次看到妳，都會想起我在妳這個年紀的時候，覺得很開心，現在的情況也是如此。沒什麼好擔心的。堂叔把塑膠盒翻過來坐，也叫智雅坐下。智雅聽他的話坐下。堂叔幫智雅開了一罐啤酒，但智雅只是拿在手上。貨櫃裡漸漸變暗，雨聲漸響，堂叔吃完飯捲，仰頭喝了口啤酒。我每次看到妳都很開心，想爲妳做任何事，可是我希望妳對我別那麼拘泥，妳都不給我親近的機會。希望藉這次機會，我們可以再親近一些。如果妳有難以對父母啟齒的事都可以跟我說，我應該都幫的上忙。時間過得眞快，如果妳出社會一定很受歡迎，現在應該也有很多男孩子喜歡妳吧？堂叔喝著啤酒，話說得越來越多。智雅開始感覺沒那麼緊張了，堂叔似乎在努力安撫受到驚嚇的她。想想堂叔總是如此，會先和她搭話、先對她示好、先猜測她的心思。堂叔應該不會和其他大人說抽菸的事。就叫要妳不要想得太嚴重。於是智雅不想想得太嚴重，也喝了一點啤酒。堂叔又開了一罐啤酒，繼續說話。智雅有時反問、有時回話、有時笑了出來，漸漸感到累了，便伸直了腿打呵欠。突然堂叔大步走向智雅，一邊解開皮帶，一邊一隻手壓著智雅的頭，脖子就快被折斷一樣。

我眞的很喜歡妳。堂叔說。別哭嘛，我這麼做是因爲我喜歡妳，妳眞的很特別，我眞的太喜歡妳了。堂叔將智雅扶起來，拍掉沾在她制服上的髒東西。堂叔將垃圾放進塑膠袋裡，整理貨櫃的內部。以後我會繼續照顧妳，爲妳負責，下次我們也在這裡見面吧，不，我帶妳去更好的地方。說完，堂叔打開貨櫃的門，撐開雨傘，舉起手向智雅招手。堂叔幫智雅撐傘，一隻手臂攬著智雅的肩膀。智雅只看著前方走，到了停車場堂叔拿出車子的遙控器，說自己還有話要對她說，叫她上車。智雅看著火車站的廣場，那裡有路燈，人群來來往往。妳不要想得太複雜，妳爸爸和我一起工作很久了，以後也是如此，如果我們的關係變尷尬，沒有任何好處。我想妳也知道我是什麼樣的人，以後不管妳做什麼我都會幫妳，所以今天發生的事，以後我們之間發生的事，妳都不能告訴任何人。我相信這些道理妳應該都知道。因爲妳很懂事，是個深思熟慮的孩子。我不用擔心對吧？堂叔在車上說，智雅則是點點頭。妳果然與衆不同。堂叔說完，便摸著智雅的身體，親吻了她。堂叔的手機響了，但是他不接，鈴聲持續地響著，最後他接起電話，用若無其事的聲音寒暄。我先走了。智雅邊說邊打開車門。雖然堂叔邊講電話邊想抓住智雅，但她關上車門，快步地朝火車站廣場的方向走。就像被什麼抓破似地疼，智雅雙腳無力，感覺堂叔馬上就要跟過來一樣。智雅走進火車站，白色的日光燈照得自己雙眼刺痛。智雅踉踉蹌蹌，感覺暈眩，好怕堂叔就要走進火車站裡。智雅走進女性洗手間，走進沒人的廁所隔間鎖上，坐在馬桶上，將自己縮成一團。好像一場夢，好像明明發生了什麼事，可是自己理不出也無法判斷到底發生了什麼事。她不知道爲什麼現在自己得躲在火車站的廁所裡，昇昊和自己約好要見面，可是卻沒有出現。來的人不是昇昊而是堂叔。智雅拿出手機打給昇昊，沒接。掛斷，又再打了一次，再打，又再打了一次。昇昊還是不接電話。

昇昊從五歲就開始騎腳踏車上學，小學、國中也都是騎腳踏車上學。也曾好幾次和朋友一起騎兩個多小時到遊樂園，只要放假也會沿著國道騎到外縣市，所以昇昊對騎腳踏車非常有自信。

他一手抓著把手，一手撐著雨傘，騎過警察局和區公所，經過十字路口，從郵局前開始，便用肩膀和下巴夾著雨傘，快速地踩著腳踏車，騎過小學和文具店，轉個彎後又用一隻手撐著雨傘，接著昇昊騎到了有點斜度的下坡路，雨下得很大，他想趕緊抵達貨櫃，想先過去等智雅。雖然雨傘一直遮到他的視線，但因為他已經非常熟悉這條路，走過了幾千次，連號誌變換的時間都一清二楚。當昇昊輕輕抓著煞車，正打算轉動龍頭，沒想到出現了觀光巴士，空氣中只聽到緊急煞車的聲音，昇昊則飛了出去。救護車很快就來到現場，昇昊在市區的醫院做了急救，接著被移送到廣域市的大學醫院。從右臉到腿，全是重傷，甚至還有腦震盪。小腿嚴重骨折，得馬上手術。有將近一週的時間，昇昊都待在加護病房。醫生說因爲腦震盪的關係，他可能不記得意外當下或之後的狀況。

轉到普通病房的昇昊一直在睡，每當暫時醒來，便想著自己爲什麼躺著。醒來時，在光亮的空間看到媽媽，醒來時看到爸爸，醒來時看到奶奶和姑姑，醒來時看到班導師。智雅姊和智妮什麼時候來的呢？昇昊在半夢半醒中想。她們一定有來過，是我睡太多，所以沒看到她們嗎？想著想著又再度入睡。

某天晚上，昇昊醒來，但是仍然閉著眼睛像在睡覺一樣，他聽見大人的聲音。理事長那瘋子從下午就開始跑酒局，喝得大醉跟在她後面。智雅說沒有半個人看到，在那個貨櫃裡，哎喲，不知道，現在智雅那孩子在鬧，還敢跑到警察局，理事長說他們是兩情相悅……昇昊叫了媽媽，但是媽媽顧著說話沒聽到他的呼喚，於是他又叫了一次媽媽，媽媽俯視著他。

姊姊……

他好像在講夢話。

姊姊怎麼了？

媽媽叫了護士，護士又叫了醫生，媽媽開始到處打電話。雖然又想睡了，但昇昊努力不讓自己睡著，他一定要知道自己聽到的那些話是什麼意思。

第二部

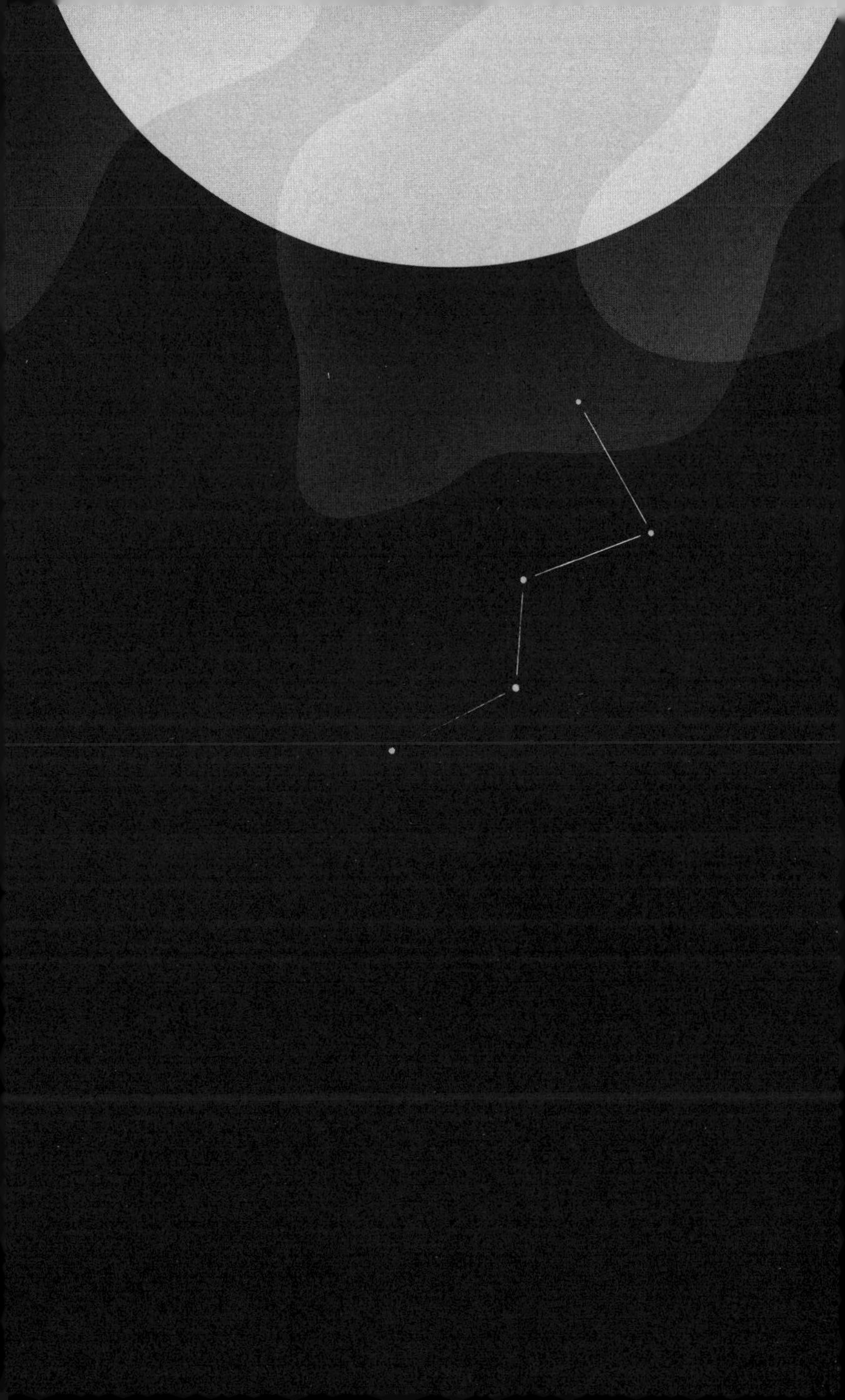

智雅拿著手機，思考應該打給誰呢？想到了智妮，於是按下了通話鍵，但是一聽到來電答鈴便掛了。因爲害怕不知道該怎麼說，該怎麼說明這件連自己都無法理解的事呢？手機震動了，智雅嚇得弄掉了手機，來電顯示是智妮，智雅接起電話。姊姊，怎麼了？幹麼打來又掛掉？智妮好像在走路。妳在哪裡？補習班剛下課。我會和朋友吃完辣炒年糕再回家。智雅說不出口接下來要說的話，於是保持沈默。姊姊，妳在哪裡？學校嗎？智妮問。沒有。智雅回答。那妳在哪裡？在家嗎？洗手間的喇叭大聲地播放著火車要出發的廣播。這什麼聲音啊？智妮問。我在火車站。妳在火車站？爲什麼？智雅回答不出來。姊姊，怎麼了啊？妳好怪喔，妳爲什麼會在那裡？智妮的聲音變得有點小聲，似乎透露著不安。昇昊也跟妳在一起嗎？智雅問。昇昊今天沒來補習班耶。站內廣播又重複了。姊姊，妳爲什麼會在那裡啊？智妮又問了一次。經過的時候進來上廁所，本來要打給媽媽的，不小心打給妳。智雅吃力地回答。媽媽應該在家。智妮說。智雅掛了電話，覺得自己無法獨自離開車站，可是如果打給媽媽，請她來接自己，又該怎麼說呢?媽媽一定會覺得很奇怪，自己必須跟媽媽解釋，但是要說什麼，該怎麼說，又該從何說起呢?這時有簡訊傳來，是堂叔的簡訊。他問智雅是否安全到家了。智雅舉著手機，咬著嘴脣。堂叔打來了。智雅緊握著手機，手機的震動停了。要是自己一直不接電話，不回簡訊，堂叔搞不好會找到家裡來，於是智雅回說自己已經平安到家了。堂叔又傳了妳沒回簡訊又沒接電話，害我擔心了一下。智雅回傳自己在洗澡，不知道。妳說走就走，讓我很擔心，妳淋了雨可能會感冒，喝杯熱茶再睡，明天早上我會載妳上學。堂叔傳來了一長串簡訊。智雅回說知道了。本以爲兩人的對話就到此爲止，結果堂叔又傳來了簡訊。智雅盯著手機螢幕上的句子「晚安」，這個只有對喜歡且珍惜的人才會說的寒暄。智雅擔心如果自己不回簡訊，堂叔又要打來了，於是很快地傳說知道了，但又覺得表現太冷漠，害怕堂叔會覺得奇怪而找到家裡來，於是又補傳了一句「堂叔也晚安」，後面再加上表情符號。堂叔現在在哪裡呢？該不會還在停車場吧？智雅緊握著手機，猶豫了好一陣子，將洗手間的門打開小縫，查看外頭，沒有人。智雅呆呆地看著洗手臺鏡子裡自己的樣子。好陌生，好像初次見到的臉龐。智雅轉開水龍頭，洗著手和臉，完全不知道自己在做什麼。制服口袋的手機響了，智雅用濕濕的手按下通話鍵。智雅嗎？剛剛我接到智妮的電話……媽媽說。水龍頭的水滴答滴答地流，智雅聽見媽媽的聲音。妳在哭嗎？怎麼了？妳在哪裡？媽媽反覆地問。媽媽，我出不去，妳快來。智雅說。

智雅坐上媽媽的車，回家路上一句話也沒說只是哭。發生了什麼事？妳爲什麼哭？妳在那裡做什麼？妳要去哪裡？制服又是怎麼回事？媽媽責備地問。智雅害怕會被媽媽罵，感覺說實話也會被罵，她不知道自己爲什麼會這麼想，但是自己必須向某個人求救，那個人是媽媽。

智雅本來一回到家就想說，但是她說不出口，結結巴巴地只說出「那個……我在那裡……我……可是……」這些話。媽媽的表情漸漸皺成一團，智雅深呼吸，慢慢地、一點一點地將自己記得的事說出來，但是邊說自己也不敢相信，邊說才恍然大悟，不管自己遭受了什麼，媽媽都不相信。不要胡說八道，妳一定是做錯什麼怕被罵才說謊……媽媽說到一半，看了智雅的表情，那不是自己所認識的女兒，看起來就像是別人一樣。理事長爲什麼要對妳……要對妳做這種事，怎麼可能。媽媽邊喃喃自語邊握住了智雅的手，看著她的眼睛，接著把她帶進房裡坐在地上，自己搖著頭自言自語，捶打著地板哭。智雅看到媽媽哭，很害怕。媽媽好像確定發生了什麼事。

這件事除了妳和我，誰都不能說。

媽媽說。

不能讓任何人知道，不能和任何人說。

智雅呆呆地看著媽媽，因爲媽媽說著和堂叔一樣的話，怎麼可能只有媽媽和我知道呢？堂叔也知道啊，他一清二楚，他叫我不要告訴任何人，以後要經常見面，以後要照顧我、對我負責……一想到堂叔說的話，智雅的心裡便湧上了恐懼。

要是他又對我做出這種事怎麼辦？

妳只要小心就好，我們小心就好，妳絕對不要自己一個人……

可是我要上學，還要去補習班啊。

以後媽媽會接送妳。

他一定會找來家裡，一定會來找我，他說的。

他不會的，不可能。

智雅環顧著房間，感覺堂叔就在外面聽著這一切。窗戶被鎖上，床簾也拉了起來。媽媽哭得太傷心，讓智雅摀住了耳朵。媽媽哭得太傷心，讓智雅無法集中精神。

妳爲什麼要去那種地方，妳應該馬上回家，幹麼跑去那種地方讓自己遇到這種爛事。這種事妳要跟誰說？誰會相信妳？擺明沒人會相信妳，毀掉的只有妳自己。

智雅最害怕聽到的就是這些話，這些責備自己的話，從媽媽口中聽到這些話的瞬間，突然，智雅明白了一切。

我要報警。

智雅說。

我要把他抓起來。

妳想清楚，想清楚再說。妳還小，還有大好的未來，以後妳還要結婚、生小孩，爲什麼妳會遇到這種事，怎麼會發生這種事！

我要報警，媽媽。不然他一定還會這樣對我。

智雅反覆說著一定要報警，搞不好他也會這樣對媽媽，搞不好他會對媽媽做一樣的事。媽媽說不要說這種不像話的話，他絕對不會對自己做這種事。智雅無法理解媽媽說的話，如果他不可能對媽媽做那種事，那爲什麼他要這樣對自己？外面同時傳來玄關門打開的聲音和智妮的聲音。智雅壓抑著心中更大的恐懼，如果他也對智妮伸出狼爪怎麼辦？智雅打開門走出去，抓著智妮的手走進她的房間把門鎖上。智雅想他都敢這樣對我了，一定也會對智妮做出那種事。如果自己總是和智妮一起行動，那他一定會對我們倆都做出一樣的事。就算無時無刻一起行動、閃躲、小心翼翼、該注意的都注意了，那個人還是會做出一樣的事。媽媽敲著門，智妮露出驚訝的神色看著智雅的臉，什麼都不知道就哭了，只是跳著腳抱著智雅哭。

爸爸過了午夜才回家，喝得醉醺醺，一進門便倒下來睡著。媽媽坐在客廳沙發，手上握著手機苦惱。媽媽在煩惱什麼，在猶豫什麼，智雅似乎知道卻又不得而知。

但是自己不斷想起發生的事。

但是感覺不像發生在自己身上的事。

但是很痛苦。痛苦不是假的，痛苦不會被安撫。

智雅閉上眼睛再張開，還是很懷疑，堂叔怎麼會這樣對待自己。又不是不認識的人，堂叔怎麼可以那樣？難道是其他人嗎？和堂叔長得很像的人？

智雅一閉上眼，在貨櫃裡發生的那些事像一張張相片掠過腦海中，感覺像在看別人的遭遇。想到堂叔的性器塞進自己的嘴裡時，智雅一下子睜開眼睛。這一切好像謊言，但視覺的記憶和殘存在身上的感覺太鮮明。湧上的記憶像在抽打自己，卻像眞的被鞭打般疼痛。

智雅閉上眼睛，就像死了一樣，像死了很久的屍體一樣。我都死了爲什麼還是不斷在想？都死了爲什麼還這麼害怕？都死了爲什麼卻不像死了一樣？

難道我看起來像是希望他那樣對我嗎？所以他才那樣的嗎？智雅懷疑自己。她努力回想自己的眼神和語氣、行動和表情。喝啤酒難道錯了嗎？喝了啤酒，就代表我同意他那麼做嗎？還是大家都這樣對待會喝啤酒的女人嗎？大人都是那樣的嗎？只要兩個人一起喝酒就可以這樣嗎？這沒什麼嗎？所以堂叔才會一副神色自若的樣子嗎？那媽媽爲什麼要哭？爲什麼不讓我告訴任何人？

智雅無法閉上眼睛，也無法睜開眼睛，腦中的想法、記憶都失控了。

智雅覺得這一切好像都是自己的錯。或許這麼想反而簡單。如果不是因爲自己做錯事才發生這種事，如果自己沒有做錯事還是發生這種事，註定要經歷這種事的人生是什麼意思？但是任何假設都說不過去。如果這樣，如果那樣，如果不那樣……不管自己再怎麼假設，還是有破綻。去上學的時候自己曾經搭過很多次堂叔的車，也曾經在社區裡遇到，也曾經在市區裡遇到，每逢過節或家族聚會都會看到他，他也偶爾會來家裡和爸爸媽媽聊天，會在我們家吃飯、喝酒，也曾經走進自己的房間，說我得房間裡散發著好聞的味道。如果堂叔打電話說：「智雅，妳可以出來一下嗎？我有事拜託妳。」那麼自己一定不疑有他，就出門去見堂叔。如果堂叔狠下心來，就算不是今天，日後無數次相遇的某一天，智雅還是會被他侵犯。雖然堂叔說他喜歡智雅，因爲喜歡才這麼做，但是智雅本能地知道，堂叔是爲了滿足自己的欲望，而那瞬間，自己就在他的眼前。他不是因爲喜歡智雅才這麼做。堂叔不是強姦智雅，而是強姦了一個女人。而且還是可以自然而然接近的女人，對自己沒有戒心的女人，會乖乖聽話的女人，靠力氣可以壓制的女人，即使事情發生了還是可以就近控制的女人，不會告訴別人或鬧事的女人，所以還可以再強姦一次的女人……未成年又是自己親戚的女人。智雅滿足以上任何一個條件，智妮也是。天越亮，智雅的思緒越清晰。發生在自己身上的事，這段時間聽到的話和其中的含意，越是反覆咀嚼，這一切越像拼圖，被擺到對的位置上。

智雅想保護自己，想保護智妮。
智雅想變堅強。

媽媽叫智雅待在家裡。智雅穿上了制服，媽媽叫她不要出門。智雅穿上了鞋子，媽媽說會打電話到學校去。到什麼時候？智雅問。媽媽說今天就先待在家裡。那明天呢？等到明天就沒事了嗎？就安全了嗎？只要待在家裡事情就能解決嗎？媽媽說就快放假了，沒關係。到底什麼沒關係。像罪人一樣關在家裡生活就是沒關係嗎？智雅打開了玄關門，媽媽拿著車鑰匙跟出去。載智雅上學的路上，媽媽不斷吩咐，絕對不可以跟任何人說，不管是同學還是老師，絕對不行。要是妳衝動說出口，妳只會被人指指點點。媽媽會想辦法的，一定會有辦法的。下課後妳先不要出來，打電話給媽媽，媽媽馬上來接妳。智雅，振作起來聽媽媽的話，妳要相信媽媽。

智雅知道媽媽的方法，就是不要告訴任何人。當作什麼事都沒發生過一樣算了。像貓咪一樣神經質地、小心翼翼地活下去。無時無刻緊張，懷疑任何人。就那樣成爲孤零零的人。智雅整夜都在想這個方法。想著各種假設來推測自己的未來。他還是會和我住在同一個鄰里，也會繼續和爸爸一起工作，還會再對我下手，智妮的安全也無法保證。智雅不得不想到恩菲。如果告訴其他人自己發生了什麼事，那些人就會像對待恩菲一樣，不會指責堂叔，只會捏造針對智雅的話。一個女孩子家跑到那種地方抽菸本來就是個問題。經過一番苦思，智雅選擇了這個可能性。自己將成爲人們議論的話題，成爲他們口中活該遇到這種事的孩子。沒有更好的選擇了，只有地獄，如果只能下地獄，那麼堂叔也應該下地獄。只要智雅乖乖聽話，就不會有任何人知道，也不會發生任何問題。不，問題只會繼續累積，然後爆發，最後殺了智雅。智雅站在分岔路上，看了這裡又看了那裡，看了往前的路，和後退的路。智雅相信媽媽，但是沒有走上媽媽要她走的路，因爲這跟信任無關。

智雅跟老師說自己不舒服，要去醫院，於是老師便准許她早退。智雅到婦產科描述自己的遭遇，要求檢查，醫生問智雅是否有洗過澡，智雅回答洗過了，因爲太髒了，想把一切都洗掉。醫生又問智雅是否有帶內褲來，智雅回答自己洗澡的時候順便洗了。醫生一臉遺憾。智雅說沒有人教她怎麼做，被性侵後該怎麼做。任何人應該都想像不到，自己的孩子、自己的學生會發生這種事。醫生說這件事應該告訴妳的監護人，智雅說媽媽知道這件事，如果醫生想確認，可以打電話給媽媽，然後留下了媽媽的手機。

智雅從婦產科出來後來到警察局，她向警察說了堂叔做的事，請警察把堂叔關起來，強調只有這麼做自己才會安全。警察向智雅詢問父母親的電話後，把智雅另外帶到會議室。智雅說她將一切都說出來，只要把堂叔抓去關，她什麼都願意做。警察說這件事交給大人，同學就先回家吧。智雅說我的遭遇我最清楚，少了我你們能做什麼。警察回說這個交給大人來解決。智雅不能回家，感覺一走出警察局就會遇到堂叔，感覺堂叔會找來家裡。爲了不想經歷那些才來警察局的，可是警察卻老是叫自己回家。

可是同學妳的臉未免也太乾淨了吧？

警察用眼睛瞄了智雅的手臂、脖子和腿，甚至叫智雅把裙子拉到大腿，把襯衫的短袖拉到肩膀。妳身上完全沒有反抗的痕跡嘛。

智雅說自己無法反抗，感覺反抗就會被殺掉，貨櫃裡有很多可以被當作凶器的東西，就算沒有凶器，自己也可能被那個人勒死。那個人一隻手壓著自己的頭，雖然只用一隻手，就讓我動彈不得。

妳說妳沒有反抗？

智雅說自己有哭，求他不要這麼做、告訴他自己不喜歡、請他住手。

同學妳還太小所以不懂，光憑妳說妳有反抗，我們很難展開調查。

如果這不是眞的，我又何必跑來警察局跟你們說這些呢？在來這裡之前我已經去過醫院了，請醫生幫我檢查，檢查就會有結果，我連診斷書都拿來了。

小小年紀懂的還眞多，妳怎麼知道要做這些事？

我用網路查的。

診斷書也沒什麼用。越是這種案件就越要罪證確鑿，不然要是抓錯人，冤枉人就不好了。如果妳身上有明顯的傷口，至少還可以定個施暴罪，可是現在什麼證據都沒有啊。

難道要我被打個半死，被送到醫院才可以嗎？

同學，你想想看。一個人遭受危險的時候，就會本能做出反抗，這樣一定會留下痕跡，可是妳身上什麼都沒有。妳可以反抗，但是妳沒做啊。妳有打他或是抓他嗎？那麼那個男人身上至少還會留下點什麼？

智雅說她覺得自己死定了，身體動不了，就像麻痺了一樣，連尖叫都發不出聲音，什麼也做不了。

所以妳說的不合理啊。又不是因爲喝醉失去意識，也不是用了藥，也不是四肢被綁住，妳的意識清晰，身體自由，可是卻沒有做出任何反抗，誰會相信妳是被某個人強迫的？那個男人可能也沒想到自己在強迫別人，大人會覺得你們是在雙方都同意的前提下發生性關係的。同學妳有聽懂嗎？

要是抵抗我可能會死！智雅扯著喉嚨大喊。強姦才是錯的，怎麼會是沒反抗是錯的呢？智雅焦急地大喊。

同學。

警察瞪著智雅說。

從妳說的話和行爲來看，根本不像個受害者。

什麼叫做像個受害者。

妳看起來不像乖乖受制於人的樣子。如果妳眞的遇到那種事，昨晚妳就該來報案了。妳不該在這裡尖叫，而是昨天晚上在那個男人面前這麼做。

智雅說自己很害怕，但是警察好像不知道害怕是什麼意思，於是智雅問，

您知道什麼是害怕嗎？

我看妳的個性不像是會害怕的人。要是眞的發生這種事的孩子根本連警察局都不敢來，連獨自跑去醫院的念頭都不敢有。他們什麼都不敢做，只會把自己關在房間裡把自己逼瘋，根本不可能做出妳現在做的事。

智雅想像關在房間裡最後瘋掉的自己，就算大家都這麼認爲，就算大家都認爲那樣才像個被害者，但是智雅做不到，她不想瘋掉，她想讓自己安全。智雅擦乾眼淚，調整自己的姿勢坐好，她想變得堅強。

請您不要用那種眼神盯著我看。

智雅說。

我沒有錯，是那個人錯了。

當智雅在會議室和警察爭執的時候，媽媽抵達警察局，隨後爸爸也到了。爸爸也知道事實後，兩人大聲吵了起來，警察拉開兩人。接著堂叔也來到警察局了，媽媽一看到他就衝過去扯著他的領口，爸爸攔著媽媽說先聽聽他怎麼說，讓媽媽冷靜下來。堂叔說他接到朴警監的電話才過來的，說有同學說了奇怪的事，和我有關，叫我先過來，我沒想到會是智雅。堂叔又說，這件事不該報警的。我們又不是別人，是家人，這個問題我們應該自己解決，不該跑到警察局來。我不知道智雅爲什麼這樣，看來是對我有所不滿，讓我好好跟她說說。媽媽邊哭邊吼著，難道我女兒瘋了嗎？她會做出這種明顯只有自己會吃虧的事嗎？她心裡有多委屈才會跑到警察局來！

嫂子，您應該替智雅著想才對，如果您眞的替她著想就不該這樣，您看這裡有這麼多雙眼睛和耳朵。您還是趕緊帶智雅出去吧。我會跟這些人好好說，請他們不要對外亂講話，您們先回家吧，回家再說。

旁邊的警察也在一旁幫腔。爸爸強行讓媽媽坐進車子裡後，又進來帶智雅出來，智雅看到堂叔後，雙腿無力地癱坐在地，堂叔假裝沒看到智雅，繼續和警察說話。

從智雅陰道內採集到的精液是堂叔的結果一出來，堂叔馬上就承認兩人的性關係，但是他硬說事情並非大家想的那樣。我並沒有打智雅或威脅他，我們邊喝酒邊聊天，自然而然就發生了。我知道。身爲大人這是很不應該的行爲，我眞的是罪該萬死，但是智雅說那是性侵，這種事說出來我都會怕，事情眞的不是那樣的。您們跟我也認識很久了不是嗎？我是那種人嗎？其實智雅和我的關係有點特別，我很常載智雅上學，她也覺得和我相處起來很自在，我也非常疼她。隨著智雅長大，開始對男女之間的事……是，我知道是我的錯，但是如果我像個大人一樣罵她，我怕她會走歪。您們也知道那個年紀的小孩很容易走偏，很危險的。是她把我當個男人看待，我因爲擔心她不敢狠下心來拒絕，接受了幾次後，我們感覺就像在約會，事實上還不只一次，那段時間智雅和我好幾次……是，我眞的該死，但是我從來沒有強迫她，我可以發誓，爲了眞相我可以賭上我的一切，您們可以去問智雅，問她我們兩人是什麼關係，她可能會因爲害羞而說謊，可是我何必說謊呢？我現在和您們說的都是實話，大哥您也知道，我還要名譽啊，有多少和我有關係的人全都在公家機關、整個業界，我不能因爲這件事落人口實，搞得名譽、信任盡失，您也很清楚這對我來說很重要不是嗎？難不成我是發了瘋說謊嗎？我眞的不知道智雅爲什麼要那樣對我，爲什麼要不斷說謊。我眞的啞口無言，我不知道智雅怎麼了？她想得到什麼呢？

父母不讓智雅外出，於是智雅自殘，救護車來到家裡。媽媽看不下去日益憔悴的智雅，帶著她去警察局，媽媽說，好，就照妳想做的做，毀掉的人生比死掉好。智雅向堂叔提告，陳述了那天發生的事。雖然回想那些可怕的場面讓智雅非常難受，很難想起具體的行爲，但是警察認爲那些細節非常重要。在貨櫃裡堂叔說了什麼話，智雅又說了什麼話、做了什麼行動來抵抗，要求智雅說出具體的字句和情況。智雅記得堂叔靠近的瞬間，他腰帶的紋樣、突變的表情、手的力氣、味道、聲音、身體的苦痛、角落的蜘蛛網、倒映在貨櫃牆上的影子、髒汙之類的東西，剩下的記憶都是片段，自己苦苦哀求時說了什麼、哭得有多大聲，這些都變得很混亂。警察若是露出懷疑的表情，智雅就會害怕。堂叔將那天兩人互傳的簡訊給大家看，問大家說這像是性侵犯和被害者之間會傳的簡訊嗎？朴警監打電話告訴智雅的父母，就算提出告訴，苦到的只是智雅，驗出精液根本就沒用，因爲沒有證據顯示她是被強迫的，最後也會因爲證據不足無罪釋放或延期宣判，無法起訴的可能性最大。就算起訴，這個事件也只是持續兜圈子或拖延時間，最後辛苦的還是你們。我也有女兒，智雅的事也可能發生在我們身上，所以我的建議是，這樣下去受傷的是你們。要是惹怒了理事長，他搞不好會反過來告你們誣告，最後事情只會越弄越糟。你們還是儘早和理事長和解，讓事情落幕，這樣智雅也好過，你們做父母的也好過啊。

有的人說理事長沒道理做出那種事，年輕又有能力的事業家是哪裡不滿足，要去招惹親戚的女兒。喜歡理事長的女人應該多到在排隊，怎麼可能怕沒女人而做出這種事呢？

有的人說酒才是問題。男人喝醉酒難免會失控，但是女孩子家喝酒本身就很有問題了啊。

有的人說是「女人問題」。做大事的男人常會遇到「女人問題」，其實也不算大問題。男人啊，基本上都會爲「女人問題」頭痛個一兩次。

有的人說得像是在幫智雅講話。聽說平常理事長也會給她零用錢，希望兩個人關係能變得更親近。會不會是小女生年紀還小，誤會了什麼呢？

也有人既同情智雅，但又說她是「可怕的女生」。

年紀較大的女人則是這麼說。就算妳遭遇了那種事，妳也有錯。一副像在炫耀似地到處跟別人說，還說要懲罰對方，那也不正常。懂不懂羞恥呀？

妳覺得羞恥，我們也……我們都很羞恥。躲起來噤聲都來不及了，妳還站出去說要告人家，這樣做對嗎？

這些話，都沒有人對堂叔說。他們講的就像血氣方剛的男人可能會發生的一件偶發事件，可以隨便打發的話題。和堂叔若無其事地聊著賺錢的事、哪裡物價上漲的事、工程要開始的事、要開國道的事，說著自己的兒子上外語高中，要去唸法律的事，但要是提起智雅，堂叔就會主張自己才是被害者。

智雅只能獨自哭泣。

在別人面前她不會哭，她說，

不要那樣看我，做錯事的人不是我，是他。

堂叔到處找家裡的人傾訴自己的立場。我殺人了嗎？我偷東西了嗎？我有賭博把家裡搞得傾家蕩產嗎？我只是稍微失去理智，不小心對一個女孩子做錯了事，就這樣不是嗎？難道這件事有錯到需要否定和抵押掉我整個人生嗎？

智妮對著堂叔的臉吐口水。

你覺得這是不小心的嗎？

挖苦後又吐了口水。堂叔的媽媽打了智妮，智妮也朝著堂叔的媽媽吐口水。

智雅想到智妮爲了自己這麼做，就覺得難受。智雅一說對不起，智妮便說，

妳不要說這種話，姊姊，妳對任何人都不要說對不起。

智雅不是製造問題的人，而是說對不起的人。智雅的生活記錄簿上總是寫著「很善良」、「有耐心」、「很體貼」、「重視氣氛和諧」，大人總是

稱讚智雅的這一面。當他們說「沒想到她居然會提告」，智雅只想把過去大人稱讚自己的那些部份撕碎。

父母說服智雅寫和解書，他們說如果和解，一切都會很安全，如果不和解我們全家人都會很辛苦。父母和堂叔在寫有智雅名字的和解書上蓋了章，不是爲了解決性侵未成年者的問題，而是爲了解決和有親戚關係的未成年者發生性行爲問題的和解書。和解書上寫著「日後，不再對此事件追究法律上、金錢上、道德上的問題」。提告的事就當作沒發生過。

智雅不知道大人們在做什麼。

智雅只想變堅強。

昇昊來了。他穿著病人服，拄著拐杖。雖然聽智妮說昇昊受了重傷，但我沒能去看他。昇昊哭了，說沒有任何人告訴他。我只說，你不知道也沒關係，還是擔心你自己吧，才從鬼門關回來。

昇昊也差點死掉。

他說他在大學醫院動手術，又轉到市區的醫院。好不容易和智妮通電話，從她那裡聽到這段期間發生的事。

這段期間發生的事。

昇昊說對不起。第一次聽到對不起，是從昇昊口中說出來的。沒有人對我說那句話，大家都希望說那句話的人是我。

對不起這句話，能夠抵銷一些事，也有責任無法抵銷的事。昇昊在來見我的路上出了車禍，而我在等昇昊的時候發生了那種事。我不知道當他穿著病人服、拄著拐杖，走出醫院搭上計程車，在車上他想了什麼，又是用什麼樣的心情來見我。我什麼話也說不出口，還好嗎？一定很痛，現在感覺怎麼樣了？我說不出口。

昇昊說都是他的錯。要是他沒有出車禍，我就不會出事了。我實在聽不下去那些愚蠢的話，大家不都知道做錯事的人是誰嗎？我討厭穿著病人服、拄著拐杖說這些話的昇昊，但那股討厭的情緒很輕盈，輕到我都快笑出來了。很快地，那股情緒就蒸發了。只剩下巨大且可怕的情緒。憎恨和憤怒。恐懼和絕望。

大人以為我是為了吸菸喝酒做壞事才去貨櫃的，但那天以後我的眼睛、耳朵、想法改變了，吸菸、喝酒完全不是壞事，連壞字都沾不上邊。大家也會認爲性侵是壞事嗎？似乎不會。大家只把這件事當做一件很倒楣的事，一件因爲女人先給了機會才會發生的事，一件男人喝醉了難免會做的事。那些人主張「雙方說的話都應該要聽」，用奇怪的標準做出奇怪的判斷。如果我有銳利的牙齒和下巴，如果我是一隻狗，我一定會把犯人咬碎。

昇昊說他會告訴大人，告訴他們我去貨櫃的原因。告訴他們香菸是他的，自己和智雅姊姊約好在那裡見面。我是在那裡等他。

你瘋了啊。

我也不知不覺小聲地脫口而出。

這樣我不就成了更賤的女人嗎？成爲一次誘惑家裡兩個男人的女人。

我從來沒有用這種方式和昇昊說話，但是今天我卻說了這種話。

我說不出更溫暖的話來，如果昇昊爲此感到失望、討厭我也沒辦法。

但是昇昊絕不會討厭我。

我叫昇昊快點回醫院，要是大人知道他來見我，一定很不開心。他們一定會說三道四。即使我什麼都沒做，在別人眼裡都是陰險的孩子。放蕩的孩子、自以爲是的孩子、城府深又喜歡勾引男人的孩子。愛說謊的孩子、小題大作的孩子、恬不知恥的孩子。就算只是靜靜呼吸，在別人眼裡我就這樣的孩子。

昇昊叫了車，我們在大馬路上等。昇昊不斷地哭，一旁的我開始想像：我打了昇昊一巴掌，扯著喉嚨叫他不要哭，把他的拐杖搶過來用力地砸在他身上。我害怕我眞的會這麼做，所以緊緊地握著拳頭，用盡全身的力氣才能克制我自己。我全身漸漸僵硬。我們之間已經產生無窮無盡的裂痕，永遠無法跨越。一想到我已經失去的，和未來將會失去的，我便無法顧慮到昇昊的想法。我聽到裂痕裡傳來的聲音。我將會失去一切，從最珍貴的東西開始失去，最後成爲孤零零的一個人。

在等計程車的時候，文具店阿姨經過我們，但是只和昇昊打招呼。你怎麼在這裡？你還好嗎？阿姨怎麼可能不認識我，但是卻假裝不認識我。我笑了，笑了出來。我催促著昇昊快上車，給了他計程車費，關上車門便轉頭離開。沒有叫他路上小心，也沒說我們再聯絡。昇昊應該轉過頭來一直看著我，直到看不見爲止。

昇昊也會那樣嗎？用自己的力氣壓制別人，掏出自己的性器，做出那種事嗎？即使現在不會，長大以後會嗎？今天和昇昊見面的時候，短暫想像了一下，但我無法接受。想像那樣的昇昊、懷疑昇昊，這些事我都無法承受。我想我已經失去了昇昊。

爸媽每天都在祈禱，爲了我祈禱。狗屁祈禱……只是乞求而已。事到如今到底還能祈禱什麼？還剩下什麼沒祈禱的嗎？他們不該爲了我祈禱，而是要向我祈禱不是嗎？

媽媽提到江陵阿姨的事。

反正我已經沒辦法在這個社區生活了，也不知道會不會殺人或自殺，我眞的很害怕我會變成那樣。

爸媽沒有離開過這個社區，我也沒有，但是我必須得離開。

恩菲去了哪裡呢？

我也變得跟她一樣了。跟傳聞中的那個女孩一樣。

等到昇昊拆了石膏，不需要靠拐杖走路，變成大人，到了三十歲的時候，大家應該幾乎不記得他發生過車禍吧。我也一樣嗎？大家忘得了那些緊跟著我的骯髒傳聞和臆測嗎？昇昊出車禍的事不需要保密，但是明明不是我犯下的罪行，明明我才是受害者，卻需要保密。必須說謊不被人發現，戰戰兢兢地看人臉色。或許會有人叫我抬頭挺胸，叫我不必畏縮，理直氣壯地活下去。但這種話也讓我覺得噁心。沒有任何人可以叫我理直氣壯、抬頭挺胸。

我仍然不想見到恩菲。我怕我會比較發生在恩菲身上的事和發生在我身上的事。搞不好我會衡量誰比較痛苦。我們所遭受的事情是一樣的嗎？類似的嗎？如果是一樣或類似的，那我們的痛苦也是差不多的嗎？搞不好我會詛咒她、憎恨她，因爲看到她就像看到我自己一樣。

爲什麼我會被懷疑？爲什麼我要拿出證據？爲什麼我要解釋？爲什麼我必須得消失？

天亮還沒亮，媽媽已經將智雅的行李搬上家裡的車子，一上高速公路，黎明也一點一點探出頭來。智雅掛著耳機，一路上閉著眼睛。媽媽和智雅都是第一次去江陵阿姨家。

江陵阿姨是媽媽三十年的知己好友，二十歲離開家鄉，輾轉待過原州和春川，最後定居在江陵。智雅小時候見過阿姨三四次，但是現在印象已經很模糊了。阿姨每年年末都會寄一盒餅乾到家裡，收件人的名字一定寫著智雅和智妮的名字。收到禮物，媽媽總會打電話給阿姨，再換給智雅聽。智雅就會對著話筒向阿姨說：謝謝，我們會好好享用，新年快樂。

爲了在大大小小的馬路和一排排公寓及華廈交錯的社區中找到阿姨說的「早安超市」，媽媽轉了幾十次方向盤。智雅明明知道媽媽迷路了，感到急迫，但是智雅仍不願張開雙眼。過了好一會，媽媽停了車，打開了車門。智雅微微睜開了眼睛，從車窗看到了早安超市的招牌。媽媽和阿姨擁抱著，互相輕拍著彼此的背，簡單地寒暄了一下。媽媽說過江陵阿姨比自己的爸媽和兄弟姊妹，還要更了解自己的過去和現在，還有自己是什麼樣的人。智雅原本也可以有這樣的朋友，她和恩菲、恩瑞或孝珠很有可能會成爲這樣的朋友。智雅在失去清單中擺上了「永遠的朋友」。

阿姨的家在一棟老華廈的４樓，因爲沒有電梯，所以大家很辛苦地將沉重的兩個行李箱，和裝著書的箱子搬到家裡。

家裡很亮呢。

媽媽走進玄關後說。阿姨從冰箱裡拿出玻璃瓶，裡面裝著預先泡好，還放了冰塊的冰咖啡。媽媽喝了口阿姨遞上的冰咖啡後，擦了擦汗。智雅站在洗手間門前彎著腰，看著塡滿天空的陽臺窗戶。阿姨擺出白飯、燉魚和涼拌生魚片。飯後，媽媽和阿姨問候了彼此認識的人的近況。

智雅希望媽媽趕快離開。
希望再也不要和媽媽見面。
希望媽媽能來這裡和自己一起生活。
希望能和媽媽開著車流浪到天涯海角。
在踏出玄關門前，媽媽本想對智雅說些什麼，但是看到智雅的表情後，最後還是沒能說出口。智雅站在陽臺靜靜地俯瞰出去送行的阿姨，和坐上車的媽媽，以及前進、右轉，消失在建築物之間的黑色 Avante（韓國 Hynudai 車款之一）。

阿姨在智雅來之前，換上了新的壁紙和地板貼。被子也洗得乾乾淨淨，以前沒有擺過的植物，也挑了好幾種，將陽臺佈置得綠意盎然。還叫來了一噸貨車，把舊傢俱、衣服、被子和雜物都丟了。買了象牙白書桌和衣櫃，擺進了小房間裡。阿姨邊介紹智雅的房間，邊說想要的話也可以和自己一起睡在主臥室。智雅回說她可以自己睡。

想去逛逛這附近，然後在外面吃飯嗎？還是要不要去看海？阿姨問。智雅不想出門，不想到處看看，覺得大海很可怕。阿姨則輕鬆地回說那我們下次再去吧。晚餐阿姨做了麵線和韭菜煎餅。一到晚上十點，阿姨便在臥房裡鋪床，鋪成一大片。阿姨很難入睡，智雅也是。阿姨說自己住久了，和別人一起睡有點不自在，接著又說但是應該很快就會適應了。

阿姨睜開眼睛的時候，智雅已經不在房間了。阿姨走到客廳，看到智雅蹲坐在植物之間，盯著窗戶往下看，雙手握拳像是要把地板抓起來。阿姨覺得不安，這個高度掉下去很可能會死掉，所以刻意發出聲音，慢慢地走近陽臺。智雅轉過頭來看阿姨，一臉沒有任何感情的死灰表情。

妳在看什麼？

阿姨問。

瓢蟲。

阿姨走近智雅，花盆和窗框之間有隻瓢蟲，滿大一隻的。

妳敢抓蟲子嗎？

阿姨問。智雅搖搖頭。阿姨邊說著怎麼辦，邊露出快哭了的表情。

還是要開窗，讓牠自己出去呢？

那其他蟲子也可能跑進來啊。

我不敢碰蟲子耶，怎麼辦啊？

聽說瓢蟲是好蟲。

我不喜歡家裡有蟲子，好可怕。

阿姨說話像小孩一樣，智雅瞄了一眼阿姨，她從陽臺的收納櫃拿出木工手套戴上，深呼吸後，卻反覆要抓不抓的樣子。瓢蟲只是稍微展翅又收起來，並沒有飛。只要把牠當作玩具，不是蟲子就好。阿姨像在說服自己似地自言自語。牠是模型，不是活生生的蟲子。但是阿姨的手卻不敢伸向瓢蟲。就在瓢蟲展翅的瞬間，智雅突然伸手抓了瓢蟲。阿姨尖叫了一聲。智雅打開紗窗，把瓢蟲弄了出去，瓢蟲稍微往下墜後，馬上又飛起來了。

妳不是不敢抓嗎？

阿姨問。智雅回答，看著看著覺得好像可以抓就抓了，也沒什麼。

阿姨和智雅在客廳鋪了報紙，吃著從中式餐廳叫來的炒碼麵、炸醬麵、糖醋肉套餐。有妳在，以後就可以點這些東西來吃了，太好了。我一個人根本不敢點外送，以後我們可以吃馬鈴薯豬骨湯、生菜包肉，也可以點炸雞和披薩套餐。阿姨的聲音裡帶著興奮。就算自己一個人點來吃，吃剩了冰進冷凍庫不就好了嗎？智雅說。阿姨站了起來把冷凍庫打開來給她看，裡面塞得滿滿的。

要是冷凍起來就不會再碰了，這些今天都要清掉。

要把那些都吃完？

不是，是丟掉。

阿姨打掃了冷凍庫，把裡面的食物全部丟掉。智雅簡單地梳洗後，阿姨問，要去買菜嗎？智雅點點頭。

坐著阿姨的小型汽車，兩人到了超市。阿姨說有個東西她也不敢買，但是決定今天要買。阿姨看起來就跟吃外賣的時候一樣興奮。

智雅覺得阿姨這個樣子有點可愛。阿姨一走進超市，就推著推著往某個地方直衝。是展示窗簾的地方。阿姨就像已經物色很久的樣子，毫不猶豫地抓著窗簾和窗簾吊桿放進推車裡，又拿了同色系的抱枕和地毯。阿姨說很久以前就很想買這樣一整套的，總覺得缺一不可，所以一直等待能夠一次把這三件都買齊的日子。阿姨眞的很興奮。

在裝客廳和臥室窗戶的吊桿和窗簾時，智雅明白阿姨說的話了。這項工程自己一個人做眞的很辛苦。

阿姨用紫蘇油炒泡菜和飯後，撒上海苔粉，上面再加個荷包蛋。平底鍋就直接擺在客廳的桌上，不另外裝在碗裡，兩人直接挖著吃。

那以前怎麼辦？

智雅問。阿姨邊吃著水泡菜，邊看著智雅。

如果有蟲子的話，以前。
啊啊。
阿姨點著頭。
叫男朋友來，或是噴了藥就逃跑啊。
可是今天您不是想抓嗎？還戴上手套。
就是啊，我今天還眞的打算要抓呢。
邊說，阿姨的嘴角邊揚起有些得意的微笑。
大概是因爲有妳在吧。因爲想讓妳看到我美麗的一面嗎？
智雅不懂阿姨的微笑，也不懂她說的話。
小孩比較敢抓蟲子。
是嗎？
應該吧。

妳小時候也敢抓嗎？

不知道。

妳說的好像也對，小時候我也很會抓蜻蜓和蟬，連青蛙都抓。可是怎麼會變成這樣呢？

吃完泡菜炒飯後，智雅在洗碗的時候，阿姨擦了客廳的地板後，泡了兩杯洋甘菊茶。

妳覺得客廳有個檯燈怎麼樣？

阿姨問。智雅回答好像還不錯。兩人座沙發呢？如果有的話應該滿舒服的。智雅回答。可是超市沒有我喜歡的，要去家俱市場嗎？阿姨自言自語。在網路上買不就好了嗎？聽了智雅的話，阿姨說她喜歡親自看過再買。智雅打開阿姨的筆電，一下子就找到跟阿姨那天買的一模一樣的窗簾。阿姨驚訝地張開嘴巴。於是兩人便喝著茶，看了幾十個檯燈，才勉強選了一個下訂。

兩人在臥室裡鋪好棉被，智雅和阿姨並肩躺下。靠近頭的地方開著一盞小燈，那是阿姨爲智雅準備的。阿姨猶豫了好一陣子開口說。

其實我有抽菸。

智雅和阿姨在一起的這段時間，都沒有聞到菸味，家裡也沒看到香菸或菸灰缸。

雖然我不在家裡抽，但是身上可能會有味道。我怕妳不喜歡那個味道。

智雅想到從袋子裡拿出一條香菸的堂叔。其實她經常想到那一天，即使不是某一天突然想到，那天的記憶也總是停留在腦海裡。

我……我也會抽。

智雅說。

如果您偶爾分我一根，我會很感謝的。

阿姨笑了。

阿姨頭上纏著毛巾做了咖哩。智雅很早就醒來了，但是仍繼續躺著。因爲討厭從今天起到星期五，白天都必須自己一個人。覺得一片茫然。智雅，餓了就吃咖哩，冰箱有醃小黃瓜和泡菜，還有芝麻葉。流理臺的抽屜裡也有泡麵。阿姨邊畫眉毛邊說。智雅只是眨眨眼。如果妳害怕一個人待著，可以搭計程車來醫院，應該不用十分鐘。如果不想搭計程車，搭公車也可以。搭220或222，這兩班可以到醫院，如果妳坐反方向可以到安木海邊，那裡有很多咖啡廳。智雅問如果自己到醫院找阿姨會不會妨礙她工作。雖然要工作不能陪著妳，但是醫院很大，又有很多其他附屬設施，比起自己一個人，待在離彼此都靠近的地方應該也好吧?阿姨回答。

智雅抓著玄關門送阿姨出門，站在陽臺看阿姨的小汽車消失在建築物之間，然後在原地待了好一陣子，看著上班的人和上學的孩子，也有幾個穿著校服的學生經過。最後還是沒能留在廣播社，連說不會再去的機會也沒有。

因爲去警察局的隔天起，智雅就沒再上過學了，很快的學校也開始放假了。放假前，恩瑞傳了簡訊，但智雅沒有回覆。恩瑞應該也聽到風聲了，搞不好她會相信我。智雅走進房間找出手機，打開電源寫簡訊給恩瑞，但又刪掉了。

智雅專注地盯著阿姨準備的書桌和椅子，慢慢地環視壁紙和地板貼，這還是進阿姨家，第一次這麼長時間地觀察各個角落。安靜又溫馨。連因爲陽光而落下的陰影都閃閃發光。

智雅慢慢地咀嚼拌了咖哩的飯，不想去想，又在想。不知道從哪裡傳來吸塵器的聲音，仔細聽好像還能到電視的聲音、有人交談的聲音。這對一直以來都住在獨棟家庭式房屋的智雅來說很新鮮，好像沒那麼害怕平日聽到的噪音了。智雅邊專心聽著聲音，邊刷牙、梳洗，把書桌上的《雨傘默默》(La vie devant soi) 放進包包裡，也帶了筆記本和鉛筆盒。

眞希望有把槍。智雅想。但不是瓦斯槍，而是裝滿彈藥的槍。不會失敗，可以一次將人斃命的武器。

智雅打開流理臺的抽屜，有兩把大小和模樣不同的兩把菜刀和有刀鞘的水果刀。智雅將水果刀放進褲子的口袋，但刀子會露出來，又改拿在手上，拿著這個到處跑，大家應該會用異樣的眼光看自己吧。智雅想大家若發覺她很奇怪是件危險的事，最好是不被大家發現。不被發現她是女人，是個未成年者。智雅拿著水果刀出門，等自己走到一樓，才把水果刀放進包包。

智雅慢慢地往社區外走，發現了一間美容院，接著便走進去請美髮師幫她把頭髮剪短到露出耳朵來。

坐上220公車，智雅在阿姨工作的醫院前下車，拿著在院內超商買的冰咖啡，逛了逛醫院的每一層，也在不遠處確認阿姨工作的辦公室位置。走出醫院，過馬路到公車站仔細地看公車路線，最後坐上了220公車，當公車開出市區，便是一片遼闊的草地。智雅在終點站下車，雖然不想看海，但還是想試試阿姨的建議。搞不好阿姨只是隨口建議，但是智雅想先從隨意就能完成的事開始做。

走進咖啡廳，智雅坐在不算角落的位置，看了看窗外，把包包裡的書拿出來，翻開索引繩的位置。智雅想了一下索引繩之前的內容是什麼時候看的，最後不想了。雖然看過的部分幾乎想不起來，但是智雅不想再回頭看前面的章節了。現在已經無法像以前一樣專心，很快地把書看完。因爲常常會被單字給絆住。有趣、神聖的地方、一個月、麻痺、幸運、情趣用品店之類的單字，所以智雅看到大部分的單字時，都會停止呼吸。智雅經常自言自語，這是小說，不存在於這個世界，這只是單字而已，和那件事無關的單字。智雅想像以前一樣看書，她無法想像不看書的自己。她不想失去自己。智雅抬起頭看一看窗外，又將視線轉回書上，打算一口氣讀完句子。

「血和氧氣無法充分供給大腦，阿姨現在無法思考，之後會像植物那樣活著，而且不知道那樣的狀態會持續多久。可能好幾年都要活在模糊的意識之中，但是絕對不會痊癒。孩子，不會痊癒。」

「絕對不會痊癒。孩子，不會痊癒。」嚴重地強調這件事，對我來說真可笑，好像痊癒這種事存在於這個世界一樣。*

智雅停下閱讀，努力不去比較蘿莎阿姨主角的狀態和自己的現況。比較是無知的，智雅命令自己不要做無知的事。智雅也想像默默那樣想，理所當然接受無法痊癒的事實，認爲這很可笑。想嘲笑世界上的所有人，世界上的

---

* 摘錄自 *La Vie Devant Soi* 一書，繁體中文版書名《雨傘默默》，寶瓶文化出版。

所有事情，這樣一來那天的事似乎也會變得可笑。

我曾有過一件可笑至極的經驗。

智雅這麼想，彷彿就像跟默默搭話一樣。

經歷過那件事，所有人都變得好可笑，但那之中我變得最可笑。

智雅想看書。

我變得最可笑。

智雅看不下去。她無法像默默那樣笑看一切，也不想強迫自己那麼做，也不想假裝那樣，於是便把書丟在桌上走出了咖啡廳。

下班的阿姨看到智雅後嚇了一大跳，接著哈哈大笑地說，很適合妳呢。如果OK的話，要不要穿耳洞？阿姨問。智雅說好。隔天晚上智雅在醫院前和阿姨見面，緊抓著阿姨的手穿了耳洞，阿姨則買了黑色珠子的耳環送給智雅。

智妮和昇昊來江陵。智妮和昇昊兩人都稱讚了智雅剪短的頭髮和黑色耳環。大家坐著阿姨的車前去月精寺，接著又到注文津吃生魚片。星期六晚上提前一天幫智妮慶生，大家坐在海邊點燃蛋糕上的蠟燭，一起唱了《爛泥蟲》。阿姨說我們是一群特別的孩子，大聲地笑著，比任何人唱的還起勁。星期天大家一起吃過午餐，智妮和昇昊便離開了。

智雅心想，希望他們以後不要再來了。

本來還一起笑著聊天，轉眼間卻像跌入深淵裡，就好像好不容易在江陵堆起的沙堡一隅崩塌的感覺。雖然是最親愛的智妮和昇昊，但自己還是覺得被侵犯了，難以平復。

星期天晚上，智雅躺在阿姨旁邊吐露了自己的想法。我不想見到老家那裡的人，我本來以爲我可以接受智妮和昇昊，但我很慌，因爲我不行。因爲那個人和弟弟妹妹在一起，這樣想很傻，但這讓我覺得那個人也在靠近我。總覺得他們會突然變成另一個人，我知道這個想法真的很傻，但我怕自己又會被責備、攻擊。雖然他們沒有表現出來，但是心裡一定很唾棄我、懷疑我，我不知道爲什麼會變成這樣，以後我該怎麼辦……說完，智雅哭了很久。阿姨抱著智雅，直到她漸漸收起眼淚。

那妳對我也曾有過這樣的感覺嗎？阿姨小心翼翼地問。

智雅回答不會。因爲發生那件事的時候，阿姨不在那裡，我和阿姨也沒有任何在老家的共同回憶，對我來說幾乎是陌生人。

我年輕的時候經常回去看爸媽。阿姨說。可是隨著年紀增長，回去的間隔也變長了，也聽膩了長輩的嘮叨。

阿姨已經是大人了，還會被唸嗎？智雅問。

妳覺得幾歲算是大人呢？

阿姨反問。智雅說不知道，但是阿姨看起來像大人。

一直以來我都按自己想要的方式生活，一開始我說要搬出去住的時候，爸爸媽媽都很反對，說什麼女人結婚前不可以在外面到處跑，最後我幾乎像是離家出走般地搬出來住。因爲不結婚，家人都以爲我沒談過戀愛，大家都沒把我當大人。可是我覺得也沒什麼不好的。我以爲大人是需要對什麼負起責任的人，可是除了我自己，我卻不想對任何人、對任何事負責。聽到這次發生在妳身上的事……

阿姨停了下來，小心翼翼地摸著智雅的手。

我覺得很羞愧。對明明是個大人了，卻假裝自己不是大人的我感到失望，對於假裝自己是大人，卻不像大人的人也很失望。我覺得很慚愧，非常慚愧。

智雅雖然無法全然理解阿姨的慚愧，但是卻哭了出來。

成爲眞的大人吧。試著成爲大人吧。那時我冒出了這個想法。

阿姨握著智雅的手靜靜地說。

智雅，阿姨以大人的身分和妳說對不起，眞的對不起。

智雅不想哭，因爲一哭就停不下來，搞不好要哭一整晚，這樣自己就會變得懦弱。智雅想馬上坐起來，然後站起來去洗臉、伸個懶腰，大聲地說出沒關係，想變堅強，但是自己卻動彈不得，連一根手指都無法移動，唯一能做的只是哭，維持僵硬的姿勢、沉重的身軀。智雅做到了自己能做的事。

買了冬天的棉被，換上符合冬天的材質和顏色的窗簾。晚餐阿姨做了年糕湯餃，飯後兩人在大樓屋頂上抽菸，智雅教阿姨尋找北極星的方法，並告訴阿姨現在的北極星是勾陳一*，一萬兩千年後，織女星就會成爲北極星。

也就是說不只一顆北極星嗎？

阿姨覺得困惑。

北極星只有一顆啊。

那爲什麼會改變。

因爲地球的自轉軸會移動。

好難喔。

* 小熊座的α星，最靠近北天極的一顆星，是現任北極星。

反正是一萬兩千年以後的事，沒關係。阿姨有生之年，北極星都是那顆。這樣想就簡單多了。一萬兩千年到底是什麼樣的時間呢？那還是時間嗎？

智雅想著一萬兩千年，感覺把星星看得更清楚了。

週間智雅幾乎每天都會搭公車到阿姨的醫院再去圖書館。因爲無法看小說，也無法看散文，智雅只好寫數學或物理題。找英文報紙背英文單字，也會搜尋根本看不懂的冰島語或芬蘭語跟著寫。也會背著阿姨坐在醫院加護病房前或休息室大廳，靜靜地坐上大半天。晚上智雅會和阿姨一起簡單做個菜來吃，再到社區散步，偶爾兩人也會在外面吃飯，或是坐上阿姨的車去看海。週末兩人會一起大掃除，再去買菜。雖然很多時候恐懼會發作，朝智雅撲來，但她還是做到了。雖然偶爾會去一趟早安超市再回家，但不管怎麼樣，智雅還是遵守了和自己的約定，不要把自己關起來。每天洗澡，好好穿衣服，出門。出門和自己以外的人見面。智雅每一件事情都做到了。每天晚上先想好明天要做的事，到了早上告訴自己要完成當天的計畫，晚上看著入夜的陽臺窗外，等待阿姨下班。就算寫不多，還是會寫日記，紀錄自己做了什麼。

有時候智雅也會因爲憂鬱和嗜睡症而無法離開棉被，也會穿著鞋子，整個下午蹲坐在鞋櫃旁，甚至也曾經花超過一個小時在穿T恤、褲子和襪子。每當那時候，智雅就會想到瓢蟲，展翅卻飛不起來的昆蟲。盯著牠的時間就好像一輩子。本來以爲自己不敢抓卻抓了，以爲不會飛卻飛起來的瓢蟲。智雅想起那天自己想著連蟲都抓不了，要如何成功殺死一個人的早晨。

我想去K書中心。智雅說。我想準備檢定考試*，努力一下，希望明年八月能考過。好啊。阿姨回答。

---

* 相當於臺灣的「高中學力鑑定考試」。

但週末我會陪阿姨玩的。

這樣當然好啊。阿姨說。

可是自己一個人讀書不會很辛苦嗎？要找補習班嗎？

我很會讀書的。

智雅猶豫了一下，接著說，

我還沒有自信參加某個團體，每天和人見面、打招呼、交朋友，我還不行。

嗯，那就先不要吧。妳有找到什麼K書中心了嗎？

智雅搖搖頭。明天一起去看看吧，先在醫院附近找。阿姨說。

吃完中餐，看了三、四間K書中心，最後選了封閉但是不會陰暗的地方，可以男女分開使用的地方。接著到書店買了模擬題本，再去超市。阿姨把保溫便當盒放進推車。沒關係，午餐就吃便利商店或在小吃店簡單解決就好。

智雅說。不行。阿姨說。

和我住在一起的這段日子，妳要好好吃飯。不可以隨便吃，隨便打發。我會好好招待妳、幫助妳。

智雅跟著阿姨到處走，思考著像阿姨這樣的人。如果去年夏天沒有發生那件事，阿姨和我就一直會是陌生人吧。我大概一輩子也不會知道地球的某個角落還有這樣的人。智雅感到疑惑，自己遭遇了不該遭遇的事，就此跌落地獄，但是隨之而來補償，好像就是遇見阿姨。但是阿姨算是補償嗎？補償的了那件事嗎？爲什麼阿姨是這樣的人，堂叔卻是那樣的人。我又是什麼樣的人，我……會成爲什麼樣的人呢？智雅想知道爲什麼每個人都不一樣，想知道是什麼原因讓一個人變善良、變邪惡。如果有自然法則，如果有人生地圖，智雅想看看，是否還有其他的路、其他人生的可能性，即使時間仍然無法倒轉也想知道，那麼至少自己能想通一些。

在回家的車上，智雅問，

阿姨是因爲我的遭遇才對我這麼好的嗎？

我不是對妳好，是擔心妳、心疼妳。

我希望妳不要對我太努力。

必須努力。阿姨肯定地說。人應該努力，尤其對待自己珍惜的人事物更該如此。

努力很累不是嗎？智雅喃喃自語。

是用心，不是勉強。爲了美好的事物努力啊。

智雅把阿姨的話寫在日記上，希望自己有朝一日能理解阿姨的話。

智雅每天早上都和阿姨一起出門，吃阿姨爲自己帶的便當，再和阿姨一起回家。通過檢定考試後，智雅沒有考大考，反正也不想馬上上大學，也不想離開阿姨。

每當自己待在陌生人之間，智雅就不得不去想，在這些人之中，有和我遭遇相同的人嗎？有，也讓人絕望；沒有，也讓人痛苦。也不得不去想，在這些人之中，也有做出那種事的人嗎？一定有。

有時候智雅看到笑得天眞無邪的人會覺得很神奇，看到坐在嬰兒推車的孩子覺得很可怕，不知道這些孩子長大之後會遇到什麼事、會成爲什麼樣的人。

看著燦爛大笑或彷彿在抗議似地嚎啕大哭的孩子想像不好的事，智雅討厭這樣的自己，覺得自己很可怕。如果遇到穿著學校制服的學生，自己就想跟過去，想確認他們是否平安到家，可是想到如果他們住的地方並不安全，就會放棄所有念頭。反正這個世界已經墮落，也毋須擔心，既然我已經被毀掉了，就不必擔心即將被毀滅的事，也不需要努力變好。這麼想偶爾會讓智雅鬆口氣，心情放鬆、變得開朗，能夠天眞地笑，而且笑的時候發現自己各多出了一雙眼睛和耳朶，就好像腦中多出了別人沒有的組織。因爲多了眼睛、鼻子和腦組織，所以無法像不曾遭遇過那種事的人一樣看世界。所以，如果再遇見那種事，智雅希望自己可以成功殺人，不要像之前一樣陷入混亂和恐懼之中。她不再求助，也不會再去警察局那種地方。智雅想起曾經在圖書館看過的人體解剖圖，心臟在哪裡、肺在哪裡，要害、大動脈和阿基里斯腱的位置，骨頭和骨頭之間的韌帶……如果要讓人流出兩公升的血，應該劃開哪裡和刺哪裡，走在路上、等公車、坐公車、在市場、出門前、從淺眠中醒來的黑夜，智雅無時無刻都在想。

抱持這種想法的智雅，以前是會寫下這種日記的人。

等到二十歲，我想精通外語。雖然想做的事情很多，自己卻老神在在，覺得現在正好。一天天踏實地過日子，我想這麼過下去。

然而現在的智雅滿腦子想著如何殺人。夏天，尤其下雨天，智雅必須吃鎮定劑才睡得著。只要和男人單獨在一起，或待在一群男人之中，就得咬著嘴脣努力不尖叫出來。只要陷入走在路上被攻擊的想像，就會在原地動彈不得。現在自己在意想不到的地方，和意想不到的人一起生活，遠離了本以爲會一直在一起的智妮和昇昊。雖然有數不清的事改變了，但也有不會改變的事，像是只要能活著就活著，智雅想活下去。

新年到了，冬天遠去，風也變得柔和。晚上散著步，智雅對阿姨說自己想賺錢，阿姨說不用急。

我覺得我好像很沒用，感覺什麼都做不了。我無法克制自己的負面想法，看到人群就全身發抖，對他們充滿戒備，無法融入大家。這樣下去我只是漸漸把自己塑造成一個沒用的人。因爲沒用，才能什麼都不用做，然後什麼都不用做變得理所當然，因爲我什麼事都做不了。

智雅看著前方，喃喃自語地說。

阿姨，不然我是什麼呢？

妳不一定非得要成爲什麼啊，現在的妳已經很好了。

我看過松鼠在滾輪裡跑。小時候和家人去鄉下的餐廳，那裡的庭院有一個很大的松鼠窩，我看著松鼠在滾輪裡用盡全力奔跑，看得我都出神了，牠眞的跑了很久，我擔心松鼠再跑下去牠的心臟會停止，然後就死掉了，可是松鼠卻突然停下來。

阿姨邊撫摸邊牽著智雅的手臂。
可是阿姨，松鼠爲什麼要跑滾輪呢？
因爲喜歡才跑的啊。
我常想爲什麼松鼠要跑滾輪，但不久前我有了別的想法。
阿姨看著智雅。
松鼠爲什麼會停下來？
因爲累啦。就像妳說的要是繼續跑下去，心臟可能會停止。
應該是吧。感覺原因很單純，不需要想太多。
智雅慢慢地說。
松鼠在滾輪裡跑，也改變不了什麼。牠既擺脫不了我們，也不能往天上飛，本來沒有的東西也不會突然出現，牠也得不到任何補償，就算牠停下來，也一樣改變不了什麼，一切都是牠一廂情願，累的也只是牠而已。

妳不是什麼都不做，而是活著。每天每天好好地過日子，一點一點地找回健康。阿姨希望妳不要急，就算想開始做點什麼，我都希望妳等過了夏天再做。

阿姨，我只是說說而已。我就像跑滾輪的松鼠一樣，自己要做又覺得累。因爲累了而下來，卻又想再上去跑。雖然只是小事，可是對松鼠來說卻是每天必做的要事。

妳不是松鼠。

我應該要訓練跑步，因爲不知道什麼時候眞的需要全力衝刺。

到了那個時候，妳自然就會跑起來了。

現在待在阿姨身邊我覺得很開心，覺得很安全。

可是卻像待在松鼠窩裡？

因爲很安全。

所以我不在身邊的時候，妳會覺得難受對嗎？

覺得不安。

待在人群之中嗎？

不是，我怕再這樣下去我眞的會變成沒用的人。

智雅開始在醫院旁的便利商店打工，包包裡總是帶著水果刀。她仍然想要有一把槍。自己偶爾會把阿姨當成盾牌，讓她爲自己抵擋、遮掩了很多事情。智妮和昇昊每天都傳簡訊，智雅有時候會回，有時候不會。

工作辭了又重新開始，智雅克制自己又想辭掉工作的想法。曾經智雅把手放進包包裡握著水果刀，甚至拔出刀鞘。那是在公車上發生的事。智雅當時眞的打算將男人殺掉。有的人站出來爲智雅吵架，有的人對智雅親切，有的人無視智雅，有的人爲了恫嚇或輕蔑智雅，讓她什麼都不敢做而使用「女孩子家」、

「女人」、「小孩」、「年輕女孩」這樣的字眼。生氣的時候智雅會用冰島語或芬蘭語回嘴，但自己只是把知道的單字串在一起，脫口而出的都是沒有意義的句子，這舉動讓人們停下動作。明明自己也聽不懂，卻拿來生氣用。智雅不敢晚上獨自在外行動，也無法邊走邊掛著耳機聽音樂。她會懷疑對自己親切的男人，害怕對自己無禮的男人，好幾次智雅在路上動彈不得而打電話給阿姨。爲了不讓自己失去感覺而寫模擬題本。每天寫日記。智雅一天天地過日子。

大考成績出來了。語言和外語還不錯，數理的等級比預期低。阿姨買了青甘生魚片。和阿姨生活的這段日子，我開始懂得青甘生魚片的滋味。啊……大考那天阿姨買的鮪魚生魚片的滋味，眞是畢生難忘。阿姨讓我知道了我不該知道的祕密，不僅鮪魚或青甘的滋味，還有很多方面，無論是我的胃口，還是喜好或冷熱，因爲阿姨，以後我搞不好會嘗到和以前不一樣的飢餓感而變得不幸。

我問阿姨是不是爲了我花太多錢了。

阿姨說她錢很多。我問阿姨是不是有錢人，阿姨說自己是有錢人，但我知道不是。

一開始我以爲阿姨有跟媽媽拿我的生活費。

我邊打工邊存下了差不多一學期的學費，但這都是因爲阿姨供我吃住才有可能，要是只有我一個人，我連做夢也不敢想，甚至無法考大學吧。阿姨說就算是我自己一個人也絕對做得到，但是我不確定，阿姨對我的期望太高了。但是我選擇相信阿姨的話，比起我自己看自己，我選擇相信阿姨的話。那些話支持著我。

我不想用父母的錢上大學，那些錢裡一定有當初和解的錢，總之一定有。我不想用那筆錢生活。

我的同學們……不知道能不能用同學兩個字，總之我能正常地……正常兩個字也很奇怪……如果我高中畢業馬上進大學的話，我現在應該是大二吧？還是大三呢？這個假設太奇怪了。

智妮打來，在電話裡可愛的智妮哭得很慘，國中的時候也這樣，只要考試就會哭，成績出來了又哭。即使上了高中，也只要考完試就會打電話向我哭。沒想到考大學也一樣，但我不意外她還是哭了。智妮就算哭也不像在哭，就好像只是因爲不能笑所以才哭。智妮如果眞的生氣或憤怒並不會哭，會變得很冷漠，思緒很清晰，每當那時候待在她身邊，周圍的空氣就好像眞的變冷，像吸血鬼一樣。現在還是一樣嗎？我們不過才分開幾年，但分開的這段時間，就像我們之間的一切。

如果上大學，如果可以和智妮在同一個地區上大學，好像就不用自己孤軍奮鬥地開始了。可能嗎？我離得開阿姨嗎？阿姨對我說，妳眞的好年輕啊。說我年輕得讓人驚嘆。這讓我想到媽媽說的話，說我年紀還小，未來的路還很長。媽媽的那番話讓我覺得恐怖，讓我覺得我的人生就此完蛋了一樣。阿姨對我說我很年輕的時候，我也很害怕，年輕是好的嗎？年輕很危險。我覺得我年紀不小，也不年輕，也不老。不知道，我只是想擺脫所有的形容詞。

我希望我現在能睡得久，如果睡不著，就努力讓自己入睡。

夏天，下雨，我都還可以忍受。不管是什麼，都盡量嘗試。阿姨說。先試了，如果不如預期，就換個想法，如果到時候還是承受不了，回江陵就好啦。阿姨在努力嗎？阿姨說過為另一個人努力是很棒、很好的事，但是我仍然害怕阿姨為我做的努力。

我把阿姨的話寫下來。

我也還年輕，雖然不到要感嘆的程度。雖然現在我是有錢人，但是以後我要變得更有錢。不管發生什麼事，妳就想著年輕又有錢的單身阿姨，這樣就沒什麼好怕的了。

寫下阿姨的話，是為了不讓自己逃跑。

我絕對不會逃開阿姨身邊，我不會抱著逃跑的想法過日子。我一定會笑著回到阿姨身邊，這樣阿姨才會開心。

第三部

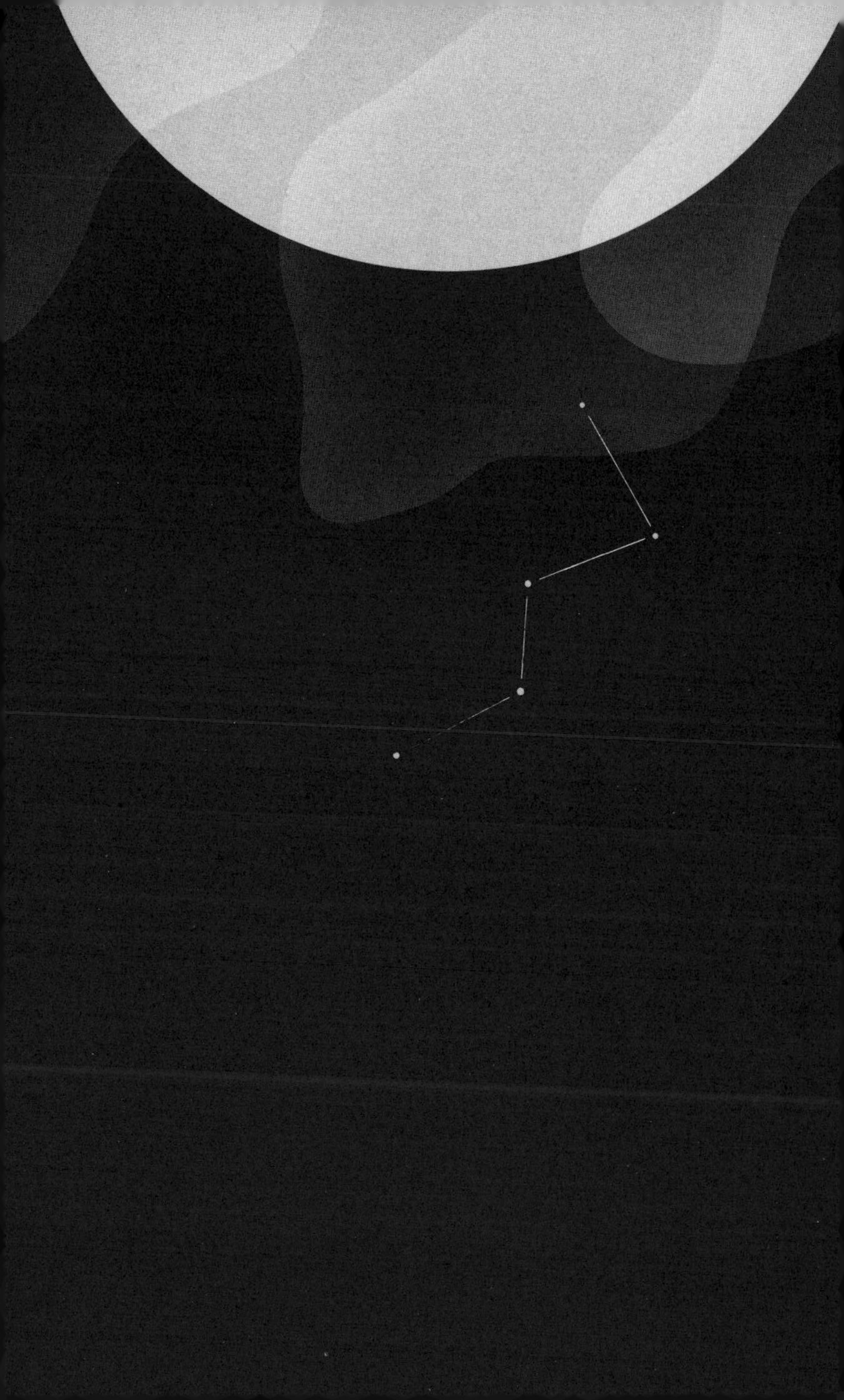

智雅和智妮兩人都考上了大學，都在一個離首爾不遠的都市，但是是不同的大學。在找兩人一起住的房子時，智妮和媽媽一起來了，智妮搬行李的那天，爸爸和媽媽則一起來。爸爸媽媽想對智雅說加油的話，但是智雅對他們的親切感到不自在。對家人來說，自己的存在就好像永遠被抹去一樣，不，又或者說是智雅把家人給抹去也說不定，因爲自己已經無法像以前一樣融入他們。好想逃跑。或許是想發怒也說不定。他們對智雅很溫柔，但他們本來都不是溫柔的人，只是試著溫柔。雖然他們說會幫智雅付房租，但是智雅堅持自己負擔一半的房租。行李都整理好之後，智雅便和智妮一起躺在陌生的房間裡，心想和智妮一起住是否是正確的選擇。智妮很快就睡著了，智雅睡不著，想立刻回到江陵。

智雅沒有努力交朋友，也沒有參加系上活動，學期初看著貼得到處都是的社團宣傳海報，甚至還到了廣播社的社辦的前面，最後還是離開了。記得自己也有段因爲想寫廣播劇本而悸動的時光，但那不像是自己的親身經歷，反而像捏造出來的回憶。偶爾智雅會想爲什麼我要上大學？阿姨和自己都認爲應該要上大學，關於這件事也聊了很久，但自己卻想不起來聊了什麼內容。雖然想打電話問阿姨，但智雅不想以這種方式讓阿姨感到不安。

這是個大城市，人也非常多，不管到哪裡都人聲鼎沸，所有人都是匿名的，就算知道對方的名字，也能把對方當作沒有名字的人。在學校的時候，智雅盡可能走在人少的地方，爲了尋找大樓屋頂、人煙稀少的後院和小路而徘徊，找到這些地方後，心裡便感到不安，深怕這裡會發生什麼事，智雅不知道自己想要的是什麼。

智雅漸漸明白了。爲什麼自己待在江陵會感覺自己變得稍微健康一點，一切都多虧阿姨身上的氛圍，是阿姨身上的氛圍環抱著智雅，向智雅說著「沒關係、沒關係」的咒語。在匿名的都市裡，智雅找不到那種氛圍。智雅本以爲自己沒事了，卻又變得更糟。

雖然智妮才大一，可是作業很多，還要去補英文，而且也加入了社團，總是很忙碌，經常晚歸，週末也經常不在家。智雅週間和週末都在打工，所以也經常晚歸，連週末也是。如果很晚回家，兩人遇到了，智妮便會問，姊今天過得如何？吃過飯了嗎？智雅大部分的回答都是肯定的。沒什麼特別的事。吃了。沒關係。大部分都是謊話。不，是沒有靈魂、沒有任何意義的回答。智雅總是在想死亡。上課的時候、走路的時候、在咖啡廳洗碗的時候都在想，如何毫無痛苦地死、如何痛苦掙扎到最後地死、如何消失得無影無蹤。智雅只看到自己，想像和自行判決自己的未來將無比淒慘，自己的人生會越來越糟，不管再怎麼努力都不會好轉。智雅很好奇，如果2008年7月14日她沒有經歷那件事，那麼現在的自己會想什麼，會怎麼過日子呢。感覺應該差不多，不管有沒有遭遇那件事，自己也會無可救藥地一味想死。

有個男人常常傳簡訊給智雅，是退伍後復學的學長，年紀比智雅大一歲。第二學期選課前，男人先聯絡智雅，告訴她先聽哪一堂課好，哪個教授的課不錯。男人會買咖啡和三明治給她，考試期間會幫她在圖書館占位子，每天都會問她好不好，也會等她打工結束後一起喝啤酒。兩人一起看了電影，男人對她說妳很特別，我的腦海裡全是妳，我很珍惜妳。這些類似的話，智雅曾經在這輩子最可怕的那天聽過。

智雅和男人上床，上床前，上床後，她想這到底有什麼意義。每次和男人見面，每次和男人聊天，和男人在一起的所有時刻，還有自己獨處的時候，智雅都在想堂叔，不是想被性侵的事，而是想堂叔這個人。智雅喜歡男人，因爲男人不知道她的遭遇，也能接受她的憂鬱和敏感，以爲這是她本來的性格，還因爲如此而讓男人喜歡她。

智雅沒有把男人的事告訴智妮或昇昊，因爲她害怕他們會覺得自己遭遇了那種事還敢談戀愛，想必是眞的很想要男人。但這其實是智雅對自己說的話。遭遇了那種事還敢談戀愛。這是智雅腦海中堂叔說的話。妳這孩子眞的很想要男人啊。智雅甩不掉堂叔，總覺得對男人好，得到他的肯定就可以忘掉堂叔。智雅會觀察男人的心情和需求，把自己的感情全都和男人的愛連結在一起，但明明自己很清楚，不管男人在不在身邊，自己總是不安、寂寞。男人在自己心裡的地位漸漸變大，讓智雅想把一切都刪除，刪除自己的記憶和妄想，刪除智雅本身。

二年級上學期開始沒多久，有一天智雅和男人在學生餐廳吃飯的時候遇到認識的人，感覺很面熟，智雅不想失禮，於是先向對方打了招呼，對方也向自己回禮，只是看起來有些驚訝，這時候智雅才想起來對方是誰。是國中的學妹，高中有短暫重疊。不過不是熟人，甚至連眼神都沒有接觸過，連名字也不知道。沒關係，學校這麼大、人又多，只要不要再見到面就好，就算她知道曾經發生在我身上的事也沒關係，她又何必到處宣揚呢？智雅邊咀嚼著飯粒邊想。男人坐在對面，邊吃飯邊看手機。

男人說有一場迎新酒會，要智雅和他一起去。如果妳沒有我，在學校要怎麼存活啊。總得交些朋友，和大家變熟悉吧。男人不斷要求智雅，在她打工的時候，也不斷傳簡訊。下班後一定要來一趟，我已經跟大家說妳會來了，要是妳沒來，搞不好大家會想歪，造成誤會。於是智雅如男人所願，出席了酒會，在那裡又見到了在學生餐廳遇見的同鄉學妹。學妹喝醉了，看到智雅非常開心，吵吵鬧鬧地過來打招呼。之前我太驚訝了，所以沒能好好跟學姊打招呼，眞不好意思，可是我眞的很高興耶，姊姊⋯⋯學妹邊說，邊把智雅拉過來擁抱。學妹醉了，不斷說出多餘的話。看到姊姊過的很好，眞的太好了，我眞的很高興妳是我的學姊，我太太太開心了，以後我們要常見面喔，姊。

智雅的腦袋砰砰砰地作響，打開腦袋一看，堂叔從裡頭蹦了出來，得意洋洋地在酒吧、巷弄和學校到處跑。

第一攤酒會結束後，大家移動到另外一間酒吧。我要回家了。智雅對男人說。妳發生過什麼事了？爲什麼妳高中要退學？男人問。男人希望智雅和自己之間不要有祕密，他想知道智雅的一切。智雅很害怕，總覺得堂叔會從什麼地方跑出來，就好像存在任何一個角落，以任何模樣存在。男人不願意放智雅走。智雅想像自己的事情在學校裡傳開，想像男人如果聽到那個消息。我們分手吧。智雅說。男人很生氣，不願意放智雅走。我愛妳，我必須知道妳發生過什麼事。

2008年7月14日晚上智雅跟媽媽說了，也向婦產科醫生、警察陳述這一切。此外，智雅再也沒有跟任何人說過。從未發出聲音來說。

但智雅向男人全盤托出。

智雅心中一方面還留有一小片希望，覺得或許男人能理解，但另一方面除了這小小的希望，只剩下放棄和逞強。不是將這件事到處宣揚後殺死所有人，就是自殺。總覺得如果大家都知道，自己眞的會這麼做，而智雅是眞的想這麼做。

聽完智雅的話，男人問了一個沒意義的問題後，什麼話也沒說，只是深呼吸，用手空洗著臉。即使智雅說要回家，男人什麼話也沒回。智雅走著，搭上公車，下公車，回到家。走進家裡，確定門鎖上後哭了。

深夜裡，智雅收到男人的簡訊。不管我怎麼想，我還是想不通爲什麼妳要乖乖地承受。如果妳眞的愛我，就應該堅持到底，不該跟我說實話，就算說謊也好。智雅將手機甩了出去。智妮把智雅拉過來抱著。姊姊怎麼了？發生什麼事了？智雅推開智妮。爲什麼她這麼問？爲什麼她假裝不知道？難道智妮也忘了嗎？她是故意的嗎？想把這一切當作沒發生過嗎？所以她也想消滅我嗎？智雅想起身跑出去，想回到江陵，但是自己很害怕，害怕阿姨也會這樣問自己。發生什麼事了？妳怎麼了？

一切都像在演戲。

好像只有2008年7月14日的自己是真的。

在那之前、之後的一切生活都像在演戲。智雅覺得抱著微小希望的自己，因爲對方喜歡自己而喜歡對方的自己，因爲人家叫自己說而說的自己很噁心。感覺自己不斷重蹈覆徹，就像堂叔叫自己不要想太多，自己還真的沒有想太多的那天晚上所犯下的蠢事。智雅想，就算7月14日沒有發生那件事，日後的某一天自己還是會經歷同樣的事，因爲自己是個不折不扣的蠢蛋，又蠢又沒用的女人。別的女人不一定會遇到這種事，所以最終都歸咎於我不夠聰明，問題出在我身上。男人、祕密、傳聞、懷疑、回憶、性侵算什麼。智雅承受不了自己的存在，一切既沉重又討厭。她想拋棄自己，想把一切給嘔吐出來。

過了兩天男人打電話來，生氣且執著地追問。如果妳掛電話我就去妳家。智雅一直聽男人講話講到凌晨。隔天他又打來了，爲自己說過的話道歉，說會幫助智雅，守護智雅。於是智雅把手機號碼換了，不去學校，延長打工的時間，從早上八點工作到午夜，一整天都在工作。下了班就在街頭遊蕩、喝酒，和第一次見面的人開房間。把每一天都毀掉。開始口無遮攔，因爲害怕於是往恐懼裡衝，那感覺會出事，所以自己先惹事，用眼前的不幸來覆蓋未來的不幸。智雅接受不了自己，於是打從心底瞧不起自己，想讓別人先說出瞧不起自己的話。別人越是不把她當一回事，她便覺得自己可以隨便對待自己。智雅覺得自己什麼事都做得出來，也到處向別人這麼說。把一切都變得「沒什麼」。

一天，智雅衝動跑到警察局去，她心想只要能讓堂叔受到懲罰，自己就能擺脫現在的泥淖。警察說之前已經起訴過，無法再提告，當初不該簽下和解書，警察一邊責怪她，一邊表達束手無策。她不懂，爲什麼無論當初還是現在，自己總是最後才明白，到底發生了什麼事。明白了，就是已經太遲了的意思。

梅雨季一開始，智雅便失控了。打工被辭退，好幾天不回家，每一天都遊走在危險邊緣。智妮因爲受不了，只好打電話給江陵阿姨。下著大雨的星期六清晨，智雅在家門前看到阿姨的小車，後照鏡掛著小小、白色的海豚娃娃，那是她掛上去的。智雅抬起頭看著家裡的窗戶，燈還亮著。打開手機，有五通未接來電。她摸著耳垂，摸著黑色珠子的耳環，接著沿著走回來的路離開。她漫無目的地走著，走進一間二十四小時營業的咖啡廳，選了角落的位置坐下，閉上了眼睛。江陵的生活就像一場夢，好像夢裡才會出現的人來到了現實世界，可是她不想和阿姨見面，她害怕自己會不自覺把阿姨都變成了「沒什麼」般的存在。手機響了，來電顯示是阿姨的電話號碼，她接起了電話。我來看妳，可是妳不在，快回來吧。阿姨說。

阿姨待在那裡我沒辦法回去。

別這樣，快回來。

我錯了，阿姨。

沒事，妳哪有錯。快回家吧。

下次我會回江陵，但我現在沒辦法和阿姨見面。

阿姨猶豫了一下回答，好，那下次妳一定要來江陵，我會一直等妳喔。

阿姨哽咽了一下，但智雅沒有哭。

我回家一趟喔。智妮說。妳爲什麼不邀我一起回去？爲什麼媽媽生日就妳一個人下去？現在這已經是理所當然的嗎？智雅莫名其妙地找碴。那我不要去好嗎？我陪妳好嗎？智妮問。重點不是這個，我也要一起去，妳應該找我一起去啊！妳不是還沒調適好嗎？妳在江陵的時候從來沒回來過不是嗎？就算這樣妳還是要找我一起去啊，我也是家裡的人，我也是媽媽的女兒，可是爲什麼只有我不能去？那我們一起去，一起去啊。智妮累了。智雅想把自己的嘴巴縫起來，雖然對智妮感到抱歉，但自己還是討厭她，雖然不是她的錯，自己還是想怪罪她。智妮把包包放下說，我不去了。智雅又發火了。媽媽生日妳當然要下去啊，不然爸媽會有多討厭我。吵到最後，智妮獨自出門。智雅睡著了，夢到經常做的惡夢，夢到自己想要逃離一個沒有臉的男子，可是門怎麼開都是牆壁。雖然知道是夢，卻醒不來，身體無限地下墜。

智雅睜開眼睛時，已是傍晚時分，窗戶是打開著的。我是開著窗戶睡覺的嗎？智雅背靠著牆壁，盯著窗外看。想打電話跟智妮說對不起，但是總覺得自己也只會欺負她而已。我已經失去可以控制自我的能力了。智雅覺得自己失去阿姨，而且現在也正在失去智妮。智雅陷入既靠近又熟悉的情緒之中。憂鬱、不幸、自責和想死的渴望。這裡是五樓，廚房有刀，智雅知道劃開哪裡、劃開多深可以噴出兩公升的血；衣櫃的吊桿長度比自己高，自己死得了，雖然會很痛苦，但痛不了多久的。明天智妮回來前，智雅可以處理掉自己的存在，她很努力把許多東西變得「沒什麼」，最先變成「沒什麼」的就是自己。智雅意識漸漸清晰，感覺自己眞的做得到，她從床上站起來，把椅子移到窗戶下方，讓自己踩著椅子上去，但是她動彈不得，因爲似乎可以成眞，好像自己從出生到現在，就是爲了這一刻從窗戶一躍而下。時間似乎靜止了，如果自己不死，好像就永遠停在這裡了，這個世界彷彿在等待自己的死亡。智雅的腦海浮現人們殘忍的話語、輕蔑和懷疑的眼神。掉下來的黑色西裝褲、暗紅色的抽屜、堂叔車內的味道鮮明地重現，那天的感覺彷彿在煽動她的死亡。智雅想像自己把腦袋剖開，將腦裡的某個部份刨下。強迫自己想像，夏天的夜裡時不時傳來的高聲喊叫。智雅想移動，想站起來喝冰水，甩掉可怕的想法，想往外狂奔，想打電話給阿姨，想像電視劇的主角一樣開朗地活著。智雅可以爲初次見面的男人做任何事，口中說著有什麼不能做的，只要是對方想要的，她什麼都能做。是啊，什麼都能做，所以自己也能像電視劇主角般地活著，開朗地、活潑地，能夠信任別人、肯定自己，不管遇到什麼難關都不會被打敗，最後有個好結局。突然外面下起雷陣雨，雨水打擊著窗框濺到室內。手機響了，智雅默默地看著手機螢幕，她想接電話，可是卻無法伸手。鈴聲斷了又再響起，智雅用盡最大的力氣，爲了移動自己的手臂，爲了拿手機。鈴聲斷了、又響，反反覆覆好幾次。智雅吃力地按下通話鍵，卻拿不起手機，隱隱約約聽到昇昊的聲音。智雅想說話。來找我。想發出聲音說話。拜託你來找我。

昇昊在首爾和哥哥一起住，每次搭乘市區公車就會想起那年夏天，自己提議暑假說要一起去首爾，搭著慢慢行駛的首爾公車，到遠方旅行。昇昊眞的很想這麼做，也不是很難的願望，我們明明做得到，怎麼就變得不可能了。即使智妮今天沒有打電話來說心裡覺得不安，說智雅不接電話，拜託自己去看智雅，昇昊也打算打給智雅，因爲他知道智妮回家了。其實，昇昊每天都很不安。

電話雖然打通了，但是沒有任何聲音。

昇昊拿著手機就出門搭計程車，不斷地說話。姊，妳記得我們三個人小時候在操場玩火嗎？那時候我們還被值班老師抓到，我媽還被叫來學校，把事情鬧得很大。眞不知道那時候爲什麼我們這麼想燒東西對吧？其實智妮最積極了，妳和我都很猶豫，結果智妮一下子就點火了。姊，現在廣播在播展覽會*的歌，這首歌眞的很老了，可是因爲妳喜歡，所以我才會知道。抽完一根菸，歌曲就剛好結束。昇昊想到什麼就說什麼。姊，我現在在路上，馬上就到，

---

* 1993 年出道的韓國音樂團體，成員為金東律和徐東旭。

現在路一點也不塞。我買冰淇淋過去好嗎？還是買餃子？還是我做拌麵給妳吃。家裡有麵嗎？姊，超神奇的，完全沒有紅燈，速度很快。直到下計程車前，昇昊都沒有掛電話。昇昊抬頭看向智雅房間的窗戶，燈暗著。於是昇昊跑上樓梯，氣喘吁吁地敲打玄關門，但是沒有任何回應。昇昊把電話掛了，打給智妮詢問門鎖的密碼，接著開門進入，發現智雅坐在一片黑暗之中，背靠著牆壁，雙腿收攏，手往手機的方向伸。昇昊打開燈慢慢地坐在智雅旁邊，智雅則看著從窗戶打進室內，在地上積成一片的雨水。昇昊起身關上窗戶，拿著抹布擦乾地上的雨水。智雅好像在說話，於是昇昊靠近智雅，等待她再次開口。我動不了……智雅吃力地說。昇昊將智雅的腿拉直，幫助她坐好，她僵硬的手腳沒有血氣，臉和頭髮都被冷汗浸濕。智妮打來了。沒事，沒事，姊在家。昇昊回答。

智雅的呼吸很淺。

昇昊想知道答案，想找到出口。姊，妳知道迷宮吧？昇昊邊按壓智雅的手和腳邊說。如果要找到迷宮的出口，只要把手貼著左邊的牆壁走就可以了。雖然花費的時間相當於把迷宮所有的路都走遍，但是一定會找到出口。智雅僵硬的手腳漸漸恢復血色。呼吸吧，姊。昇昊看著智雅的眼睛說。昇昊先深深地吸了一口氣再吐氣，智雅也慢慢地吸氣，接著咳了出來，昇昊輕撫著她的背直到不再咳嗽。不再咳嗽後，智雅吐了一大口氣。我們要不要出去走走？走一走然後一起吃個飯？昇昊問。智雅手撐著地板收起腿，昇昊扶著她慢慢站起來。智雅的手貼著左邊的牆壁。

智雅不在意學妹和男人向系上的人說了什麼，基本上自己完全不在意。智雅以三十分鐘爲單位制定計畫，並按表操課，總是努力在同一個時間起床、出門，同一個時間上床睡覺。在去學校的路上預先決定空堂的時候要做什麼事，打工結束後，在回家的時候也會先想好吃飯、打掃、洗澡的順序。因爲她想把人生過得簡潔不失控。

小組報告結束的這天，傳來了群組訊息，組員說要簡單地辦個慶功聚會。智雅沒有回覆，於是又來了一個詢問是否參加的訊息，她則回說因爲要打工無法參加。

一下子就好，這次的主題和最後整理的人都是妳不是嗎？

我眞的沒時間。智雅回傳。

沒必要這麼不合群吧？我們都可以理解妳的傷痛，想跟妳好好相處。

智雅看著簡訊好一陣子。才不是……傷痛呢。傷痛有結束或痕跡的感覺，可是那件事像寄生蟲、病菌、生物一樣，活生生地干涉她的人生，並非過去式。它會突然闖入智雅的日常生活，把她變成「某種人」。

多往好處想。再晚都要來一趟喔。我們想跟妳聊聊天。

智雅思考著「好處」是什麼意思，於是決定當成是一種善意，但心裡又想，善意是故意的嗎？智雅沒有回覆，就算別人覺得她有被害妄想也好，被誤會、被罵也沒關係，反正自己也已經被誤會過、被罵過了。

智妮將性侵告訴乃論廢止的舊新聞用手機拿給智雅看。

我怎麼就沒想到呢？

智妮自責地說。

那時候我怎麼沒想到要代替姊姊提告呢？

那時候妳還不能提告，只有我才可以啊。

就算這樣我還是很生氣、很愧疚我居然沒想到。或許當時連我自己也覺得那是姊姊自己的問題。智妮冷冷地喃喃自語。

那個人過得如何？智雅問。結婚有小孩。智妮回答。聽說老婆和孩子都住在首爾，他則在首爾和老家之間往返。聽說事業做很大，身價大漲，我也不清楚。雖然不確定，但好像還有跟市議員有關的事，不知道是要參選，還是助選。

那種人怎麼可能當市議員？

大人說就是那種人才能當市議員。

智雅想起自己的過去，覺得平凡無奇，虛脫地笑了出來。智妮說起昇昊的事。智雅在江陵的時候，那時候快要過節，昇昊把堂叔的車砸了，對堂叔拳頭相向，因爲旁邊的人報警，所以警察來了，可是大人也是用他們自己的方式處理，事情也就被埋了起來。昇昊的同學、學長學弟都認爲姊姊是「大膽的女孩」，想男人想瘋了。從他們的基準來看，惹事的不是堂叔而是妳。他們還想向昇昊確認，是不是妳先貼上堂叔，堂叔是不是被妳迷倒。還說妳處心積慮到婦產科留證據，所以向堂叔敲詐了多少，還問昇昊和妳是什麼關係。昇昊還把堂叔的肋骨給打斷了。

智雅還是第一次聽到這些事。

眞想殺了那些人。

智妮說。

把他們都殺光。

智雅好長一段時間都不知道自己要什麼，雖然很常想像自己去死或殺人，但那都不是自己眞正想要的，自己也不喜歡暴力，2008年7月14日那天就夠了。即使聽到大人說自己完蛋了，氣得咬牙切齒，也認爲自己的人生眞的完蛋了，想把自己毀得更慘，可是每當自己試圖墮落的時候，智雅就是知道，自己還不想完蛋。

這幾乎是我第一次，冷靜地花很長的時間思考，我到底要什麼。我正面看著釘在我腦海裡，怎麼甩也甩不開的他。

就算他受到法律的制裁，他也絕對不會認爲自己是加害者。既然接受了懲罰，他一定以爲自己眞的是犧牲者，變得更厚臉皮。認爲既然自己已經付出代價，就把一切當作沒發身過，拍拍屁股轉身。2008年7月15日我爲了自身安全到警察局報案，因爲他曾暗示過會再對我做出一樣的事，所以我以爲只要報警，至少，就算短暫，警察還是可以把他關起來。結果最後鬧得人盡皆知，他也被禁止靠近我。這是警察的功勞嗎？不是吧？是因爲我自己說出來的不是嗎？警察懷疑我，勸我和解。我則因爲衆人的責難而被抹黑，成爲傳聞中的那個女孩，結局是我不得不逃離這裡。而他，全身而退。不過我不後悔，我不後悔我爭取自己生存的權利。如果我沒有對任何人說，我一定會再受害，一邊持續受害，一邊上學，成爲他的奴隸。他的罪行累積得越多，我就越會詛咒我自己，然後如當時的警察所說一樣，什麼都做不了，最後只能關在房間裡瘋掉。一定有人認爲我應該變成那樣才對。

我希望他嫌惡、憎恨自己，正如我厭惡自己一般，如我憎恨、自責、毀掉自己一般，不！要更甚於我。我希望他不要找藉口，要自己認錯，感到羞愧。

如果這不可能，

那麼我希望有個比他力氣更大、身材更魁梧、像怪物一樣的人，不，不是人也無所謂，是禽獸也好，總之我希望隨便一個東西強姦他。他不需要知道自己的罪行，也不需要搶走他的財產，也不需要傷害他的家人，也不需要毀掉他的名譽，我要他嘗到一樣的滋味，然後公諸於世。如果眞的發生這種事，那麼大家會對他說什麼呢？他們會跟他說，你不也很享受嗎？他們會說要是你抵死反抗，不就沒事了嗎？一個大男人還眞大膽，一個大男人還眞恬不知恥，一個大男人哭著說的話不可以全盤相信。他們會說這種話嗎？一個大男人喝酒本來就有問題，一個大男人是在自作多情吧？事情都傳出去了，一個大男人人生都完了。一個大男人也不是小伙子了，誰先推倒誰的怎麼知道？他們會把他當成加害者嗎？

昇昊砸了他的車，打斷了他的肋骨，智妮抱著想殺了他的想法，這都不是我想要的。如果又再次與他相抗，大家最後也只會站在他那邊。有人因爲他的事業而賺錢，有人借他的房子住，有人做著他介紹的工作，有人聽他的話做事，就連和他毫不相干的人，也認爲無論如何他都和自己有關。他被搞政治的人、做教育的人、佈道的人、有錢人和做爲他兄弟姊妹的人認爲是優秀、成功的人，大家都相信他是正派的人。不管他做出什麼事，大家都會說，做大事的男人難免會做出那種事。他因爲那些話而變得越來越強，不管做什麼壞事都沒關係。

那我是什麼樣的人呢？那裡的人叫我什麼呢？

女孩子。

算不上是女人的女孩子。

死丫頭眞大膽。

應該有很多人無法理解我吧。

他們應該覺得我抓著一件短暫的事不放，放棄自己的人生。

他們應該覺得這種事只要下定決心就能拋開吧。

他們應該覺得我很懦弱吧。

這眞的是別人的想法嗎？難道不是我自己的想法？會不會是我自己瞧不起我自己呢？我不想再繼續這愚蠢的自我厭惡的行爲了，我不能再繼續墮落，我想變得不一樣。

六年了，第一次回到家，我的房間變成了倉庫。

爸媽應該某種程度上認爲是我的錯吧。因爲我女兒不夠好、沒用，都怪我們沒把她養好，可是她不是壞小孩，只是因爲還不懂事，正值青春期才會做出那種事，現在已經懂事了，一切都過去了。他們應該會邊說著這種話，邊故作輕鬆吧。

我看到他了。他抱著小孩，站在人群之中。

好像被保護著。他笑了，抱著小孩笑了，看起來閃閃發光，他就站在光裡。他看起來就是應該要在那裡的人，在那個不該有我的地方。

大家若無其事地對待我。不，應該說把我當透明人。現在想想，小時候我也是透明人。當時眞的沒人關心我，現在則是假裝不關心我吧。這段期間我培養出了一個很怪的能力，我讀得出來大家的眼神，這三天以來我都知道人們用眼神說了什麼話。你們用不著擔心我的未來，不要假裝擔心還咒罵我，你們這些老屁股還是擔心自己的未來吧。

誰家的兒子賺了多少錢，誰家的女兒住在多少錢的房子裡，那家的兒子當上了稅務士，那家的女兒年薪破億，我們家女婿這次在中國發了，我女兒過年過節都會送我金手環、金手錶、名牌包，我孫子通過了很難的考試，以後女人都會自己貼上來，話說那家兒子什麼時候要振作，再怎麼樣男人只要下定決心……誰給他撐腰啊？他有錢嗎？學歷好有什麼用？還是先找個人結婚吧。女孩子書讀太多，眼光就變高了，要是過了三十……聽著聽著，我都快瘋了。不是炫耀就是批評。我倒想問問你們對自己的人生有什麼想法。除了孩子，你們的人生在哪裡？你們也是用這種方式談論我的事吧？咬著小魚乾花生，當作茶餘飯後的消遣。你們就沒什麼好聊的嗎？空虛的人生。

我原本以爲我人生最大的不幸就是被強姦，不！我人生最大的不幸是出生在這種世界，這些人之間。因爲這些人是大人，我必須鞠躬問好，必須聽大人的話，不然就會成爲無可救藥、天生的壞胚子。我之所以被強姦，並非因爲堂叔是惡魔，而是在這裡那不是強姦。堂叔理直氣壯，明明是加害者卻裝作犧牲者，這就是這個世界再當然也不過的公式了。這裡的人不知道「強姦」或「性暴力」的意思，只知道「男人只要勃起，難免會做出那種事」。如果有錢，只要錢多有什麼大不了的；如果很窮，太可憐了，就睜一隻眼閉一隻眼；如果錢不多不少，雖然衣食無缺，只是一時想歪了……所以在這裡男人做出那種事總是「難免」。我聽說在地球某處至今都還存在女性的割禮，認爲月事中的女人既骯髒又不敬，所以將女人隔離，把女人當作財產，嫌女人的嫁妝太少而施虐。如果我告訴這裡的人這些事，他們會說什麼呢？會吃驚地說，怎麼可以那樣嗎？但是我們又有什麼不同？韓國有不一樣嗎？在這裡會聽到「我兒子一個月賺的錢有多少，只不過年輕時候碰了一個女孩有什麼大不了的」這種話……野蠻人！無恥！

那天如果沒有發生那件事，我現在一定過著截然不同的人生。那天如果沒有發生那件事，他現在一定還是過著一樣的人生。

大家忘了嗎？那個人強姦了我耶。

話一出口，大家全身僵硬，覺得不自在，舌頭嘖嘖作響地說，怎麼能這麼不要臉地、不知羞恥地說出這種話來。大家看我就像看到蟲子一樣，但我不是蟲子，是人，我也有羞恥心，只是我並不以我自己為恥。

我記得。第一次在教會看到他的時候。雖然應該不是初次見面，但對我來說就跟第一次一樣。他的衣服沾到了冰棒，但是他反而很開心。我清楚記得他的表情，彷彿我在看照片一樣。他彎著腰打開水龍頭，將水管拉近我，控制水壓不讓水亂濺，像個大人一樣等我洗好手。他怕我會嚇到，看到我有所警戒，還沉著地說明，並沒有因爲我是個孩子就隨便應付我，或不把我當一回事。他還阻止想直接喝生水的我，並遞上冰涼的水。當他給我錢的時候，雖然稍微抓著我的手，但是那沒有別的意思。眞的，那時候。

當他送手機給我時候，雖然心裡覺得有負擔，但卻很開心，因爲那是最新款的手機，爸媽一定不會買給我。如果沒有手機，搞不好我會被排擠，無法融入同學，甚至產生剝奪感。當他給我手機，他因爲喝醉，而持續輕輕地摸著我的頭和肩膀，但我當下我並不覺得不開心。他似乎也因爲喝醉，連自己在摸我的頭也不知道。那時候我只穿著睡衣，當他看我的時候是否產生了邪念，抑或他是抱著邪念送我手機又摸我的頭呢？大哥爲了和我一起工作，連大女兒的畢業典禮也沒參加，我覺得很抱歉又感謝。他是這麼說的，而且眞心誠意。

好像是春節的時候吧，我曾和他在昇昊家的院子聊了很久。那時候我每天都很憂鬱，心裡有很多煩惱，正打算疏遠一直以來和我很親近的朋友，因爲我覺得他們對我太隨便了，讓我覺得我是否這麼好欺負。在零用錢上，我也很自卑，無法跟上朋友們的消費水平。爸媽經常吵架，有時候還會拿我出氣。我覺得自己很渺小，眼裡只看到特別的人，而自己卻一點也不特別。那天在院子裡，他說我變漂亮了。他告訴我我的優點。他說想把事情做好的心態會讓我成爲更優秀的人，他穩重地說，讓我想相信這番話。他拿出菸來叼著，在點火前還問我可不可以抽菸。在此之前，從來沒有大人爲此徵求我的同意。

他抽菸，而我靜靜地站在一旁。他吐著煙，似乎在想些什麼。而我在想成爲大人的自己。那時他沒有摸我，也完全沒說可怕的話。

國三夏天我曾經在市區巧遇他，那時候我順路去書店買自修，出來的時候他叫了我。他坐在車子的駕駛座，副駕駛座則坐著一個女人。兩人都穿著正式服裝，看起來很熱。他說如果我要回家，可以載我，於是我坐進了後座。他和女人低聲地說著話。後來他不知道問我什麼，回答的時候我叫了他大叔。她既不是叫你叔叔，也不是叫你哥哥，居然叫你大叔，眞奇怪。女人笑著說。女人在某個地方下車，我仍然坐在後座。妳可以喝咖啡嗎？他問。我們喝點涼的吧。他把車停在咖啡廳前，我和他一起走進咖啡，拿著冰咖啡出來。他叫我坐前座，所以我就坐前座。他說他剛剛差點認不出我，問我是不是長高了，我說是，比去年長高快五公分。連爸媽都不知道，他卻看出來了。車子裡很涼爽，太陽很大。因爲有點冷，我用手蓋著我的前臂，於是他便把冷氣的風調弱。

我舉起手遮住額頭，他便從駕駛座旁的扶手置物箱裡拿出墨鏡，就像被當成貴客一樣。他對其他人也這樣嗎？即時地體貼他人？是他的性格天生如此嗎？還是習慣成自然呢？墨鏡很大，老是從臉上滑下來。那是我第一次戴墨鏡，心情很微妙，好像自己成了大人。現在想想，每次遇見他，我都會想像我自己變成大人。那時候他的眼神如何，我沒有印象了，如果很詭異，我應該會記得。他在家門前放我下車。

我也曾在晚上遇過他，高一的時候。晚自習結束走到公車站，發現他在那裡。因爲當時我和朋友在一起，所以我只向他打了聲招呼。我們一起搭公車，在社區下了車。我和朋友道別後，和他一起走。我沒想過他會搭公車，他說因爲喝了酒，就沒把車開回來了。他提到酒，我才聞到酒味。本來到了十字路口，他要往右轉，我要往前直走，可是他也跟著我直走，他說這麼晚了，要送我回去，也說多走一下，醒醒酒。他並沒有碰我，連指尖也沒碰到我。我們走到要彎進家裡的巷口，我便向他道別，他給了我零用錢，好像是三萬元？五萬元？他站在原地看我，直到我消失在巷子裡。我回頭看，他便向我揮揮手，示意我快回家。那時，他心裡在想什麼呢？

2008年初春，大人們會到我們家聚會，在庭院烤肉、喝酒。他走進屋裡上完洗手間，經過我房間的時候敲了我的房門，他說現在要烤玉筋魚，還有扇貝，叫我出去吃一點。我說我飽了。他似乎有些醉了，臉紅紅的。他環視了我的房間，說有好聞的味道。他瀏覽了我書櫃上的書，我抓著門把靜靜地站著。接著他便走出去坐在沙發上，感覺要是我順勢把門關上有點沒禮貌，所以我便走向廚房，用溫水泡開蜂蜜拿給了他。他向我說了謝謝，還說妳很穩重，不，是心思細膩。他說了自己上大學時的事情，說了自己本來想做的工作和現在正在做的工作。感覺像是為了確認自己才是主角和核心人物才說的。透過陽臺的窗可以看到院子裡的大人，他短暫露出厭煩的表情，坐著閉上眼睛，沒有再睜開，我不知道他是在想事情，還是睡著了。我安靜地起身，走進自己的房間。過沒多久，便聽見玄關門的開關聲。那時家裡只有他和我，他的眼神並不奇怪，也沒對我說奇怪的話，只有聽他說自己的事，眞的。而2008年7月14日距離初春這天不到半年的時間。

他不是怪物也不是禽獸，是親切又善良的成人男子。因爲我無法接受，也不能理解，所以花了很久的時間寫下來。如果他沒有對我做那種事，或許當我有困難的時候，我眞的會如他所說，向他求助也說不定。如果他沒有對我做那種事，我一定會參加他的婚禮，祝福他的孩子。隨著年紀增長，或許我也會如他所說，待他不那麼見外。我眞的不知道，究竟他是突變呢？還是漸漸變了？又或者他本來就那種人？因爲我想知道爲什麼，所以努力了很久。我眞的想知道爲什麼。

如果我那天沒有睡過頭，沒有搭上他的車，晚一點到學校或早一點出門，沒有順路去超商，沒有沉浸在好心情裡，沒有把音樂開得很大聲，沒有在貨櫃裡抽菸，沒有相信他的話……這些假設都沒有意義，是他做了不該做的事。他明明可以不那麼做，也不可以做出那種事。所以我覺得我很討厭。想到他，想到那天，想到拚命從自己身上找錯誤的我，認爲他是親切又溫柔的人的我，以爲「他本來不是那種人」的我，懷疑是不是因爲他那天喝了酒的我，明知道這些都不是藉口，卻仍想找出其他理由的我，眞的很討厭。

他絕對不會譴責自己，如果他譴責過自己，哪怕一次也好，至少會來求我原諒他，而不是找藉口。他只愛他自己，珍惜自己，認爲自己是世界上最珍貴的人，活在自己沒有犯錯的生活裡。他過著那樣的生活，維持自己的形象，但爲什麼我要譴責自己？因爲我恨不得拋棄自己嗎？爲什麼連我都要向自己追究責任？關心我和強姦我的人，都是同一個人，他親切卻又卑鄙，溫柔卻又殘忍，眞誠卻又虛僞。這就是人。我想試著理解我無法理解的事，以後也是如此，我怎麼甩都甩不掉，說他不是人太容易了，說他是怪物太容易了，太容易說出口的話一點意義都沒有，因爲太簡單所以沒有任何重量。他不是怪物，不是禽獸，也不是惡魔，因爲他是人，所以他強姦了我。他不想努力理解我，因爲欺騙更輕鬆，他會繼續他輕鬆的人生，而我至今仍然努力，我也會繼續努力，成爲做什麼事都很努力的人。我絕對不會成爲像他一樣的人。

謝謝妳告訴我如果睡不著可以開燈。
謝謝妳找我一起去吃筋麵。
謝謝妳靜靜幫我關上房門，以及沒有把我從衣櫃裡拖出來。
謝謝妳每次都跟妳朋友說抱歉，回到我身邊。
謝謝妳陪我度過黑夜，幫我拿著妳連抽都不會抽的菸。
謝謝妳即使在我出言挑釁的時候，還是陪在我身邊。
從小我就很羨慕妳，只要想到妳我就有勇氣，我從來沒有一刻不愛妳。
智妮，因爲妳太擔心我，所以我把妳給我的小斧頭帶出門，但是我把它放在竹邊的消波塊上了。我不能一直帶著這麼笨重的東西，剩下的人生總不能以這種方式活著，我無法放棄用那隻手抓住和觸摸其他事物的機會，我會想想其他辦法的。放下，才會變得輕鬆。

觀光客的身分怎麼藏也藏不住。所到之處總會遇到許多阿姨像是擔心又像是干涉地問我：「年輕小姐一個人來旅行啊？」也有民宿主人說：「他們不收隻身投宿的女性旅客。」看來一個女人會讓很多人擔心和懷疑。一開始我覺得這些話很不舒服，但一直反覆聽到反而讓我的好奇心膨脹。究竟「年輕的」、「女人」」、「一個人」哪一個字讓他們反應最大。

我也遇到很多親切的人。我只不過問蓮花池是不是往這個方向，對方就和我一起走到那裡去，我站在公車站，也有公車司機會先問我，同學妳要去哪裡，以及告訴我，如果要去我說的地方，不是在這邊搭車，而是要到對面等車才對。民宿老闆在我抵達的那天給了我他親手做的三明治，離開的時候還給了我兩顆青蘋果，說已經洗乾淨了，口渴或累的時候就切一口大小來吃，很甜、很清爽，吃了就有力氣。可是每次有人對我這麼親切，我就會想是不是因爲我是「年輕的單身女子」？雖然我也只想用親切來體驗親切，把這份好心情珍藏起來，可是我卻做不到。我的思緒變得很複雜，是因爲我有陰影嗎？妳覺得呢？妳也這麼想嗎？妳會因爲別人的親切感到害怕嗎？

在四處旅行的途中，我自己選擇、體驗、解決了很多事情，讓我覺得確實好了一些。在江陵的時候我也曾有過這種感覺，雖然那時候我覺得自己眞的好了，可是沒有。現在和那時候不一樣，那時候有阿姨在，但是現在只有我一個人。我覺得自己一個人也沒關係。或許哪一天我又會覺得我一點也不好，然後在某個瞬間又覺得好了，就這樣時好時壞，離痊癒還很遠。

我去雲住寺的時候，抵達那裡已經入夜，因爲找不到住的地方，於是我就在廟裡睡一晚。

妳問我怕不怕？

當然怕啊。

智妮，我一直都很害怕。那跟地點無關，也不是和誰在一起的問題。以後我會一直害怕下去，我也是後來才明白。

在雲住寺投宿的那天，凌晨我做了一個我死掉的夢，心想「原來我死了啊」，但睜開眼睛卻聽到通知凌晨禮佛的鐘聲。那時我待在一片漆黑之中，不知道自己是死是活，可是卻感受到了一點自由，漸漸地我還活著的感知回來，我舉起手，默默地摸著我的眼睛、耳朵、鼻子和手臂，我一點一點揉捏自己的身體，感受和確認這個要和我過一輩子的身體。然後，我又睡著了，雖然只有一下子，但卻睡得很沉。睡得很徹底。天亮後，我睜開眼睛時，覺得全身舒暢，精神清晰。太舒暢、太清晰到我都不舒服了。雖然我想在那裡多留一陣子，但是再待下去可能永遠也離不開，所以我沒向寺裡的師父打招呼就離開了。一直到廟門口，我才發現這廣闊的土地上，有這麼多石佛和石塔，如果晚上看得很清楚，我可能會怕得不敢走上廟來。有一位師父從遠方走來，看到我便用慈祥的表情和我打招呼。我們停下腳步說了幾句話，雖然只是普通對話，但當下我又感受到了些許自由。回到市區，我順路去了澡堂，一邊洗澡，一邊豎耳聽著人們的對話。不管是走在路上、在公車上或吃飯的時候，我都在聽人們說話。聽與我無關的人說的話，不認識我的人說的話，不會再見面的人說的話。

智妮，我說這些是因爲……

即使我人不在老家，即使在都市裡我被這些匿名的人包圍，在這個世界的某個地方還是有認識我的人。有爸媽、有親戚、有社區裡的人，也有學校的人。在旅行的過程中我懂了，連我自己也經常因爲他們的視線而評斷自己說的話、自己的想法和舉動。妳懂嗎？累積越多懷疑我的人所說的話，我就越懷疑自己。我苛責自己，認爲自己搞不好眞的會做出那種行爲，我這個人的存在就跟我的遭遇一樣可怕。或許可怕的我活該遇到那種事，但這不是很奇怪嗎？在發生那件事之前，我一點也不覺得自己可怕啊。這一切都是倒果爲因。

當我在吃好吃的東西時，會有股不存在的視線伴隨著我，當我喜歡或討厭一個人，我的感情也會因爲那股視線的介入而受到阻礙。那股視線牽制著我，扼殺我的主觀意識，讓我一直處在被觀察的狀態。那股視線是什麼呢？就是遭遇那件事情之後，讓妳無法再幸福的視線，一切都是妳的錯的視線，妳會孤單一輩子的視線，妳的不幸只能怪妳自己的視線。那件事情發生後，那些視線被我學習內化成我的視線。對我來說，我既是受害者也是加害者，有時候是殘忍的旁觀者。

智妮，我想說的是，我想活著。不是活得像什麼都沒發生過一樣，而是以曾經遭遇過那件事的我、完整的我，好好地活著，不去在意任何視線，和自己站在同一陣線。

到現在我還是無法好好睡覺。

偶爾我會搞不清楚我是誰、今天幾月幾號、我幾歲、我在幹麼、我要去哪裡。因爲我不相信我的記憶，所以感到困惑。

我也經常幻想那個人突然出現，然後殺了我。總覺得他眞的會那麼做，然後神不知鬼不覺地毀屍滅跡，騙過所有人的眼睛。只要我開始幻想，就覺得我快死了。

那天的事只要開始在我腦海裡播放，我就動彈不得，連一根手指頭也動不了，好像被什麼力量用力抓住。我經常做惡夢，夢到我爲了躲避一個無臉男，一直不斷地開門，但是門一打開就是牆壁，於是我又開了門，但又是牆壁，就這樣不斷重複一樣的事，在夢裡如此，在惡夢裡也如此。但我想活著。

我一直想到堂叔，想到他對我做的事。我並非我只想這件事，而是在想別的事情的時候，那件事就會跑出來。這可能會跟著我一輩子，永遠不會過去，直到我死，這都會是進行式。如果有人叫我忘了、從記憶中抹去，無疑是叫我不要活了。

我做出了選擇。我不會把那件事當成祕密，如果需要說明的時候，我不會逃跑或躲起來，我會說出來。當然我會很痛苦，甚至會被人誤會，有的人可能還會對我投以異樣的眼光。搞不好他們會說，我說的那些話本身就是一種暴力。可是就算我不說也一樣，我還是會痛苦，還是會被誤會。

旅行途中我思考著包圍我的空氣，和看不到、摸不到、像幽靈般的空氣所擁有的力量，以及創造出那個力量的另一個力量和影響。究竟我是什麼，我又被什麼力量給包圍。我會因爲我是個小女生而被輕視，長大成了年輕女子而被懷疑，變成老女人後又被忽略。但是小時候和妳、和昇昊在一起的時候，我不一樣。我不必主張或證明自己，也不必否定我自己。

旅行結束後，爲了收心，我到家附近的咖啡廳寫信。

智妮，我可能暫時無法和妳見面，雖然不知道需要多久的時間。

我無法原諒任何人，我也不想活在我無法原諒的人之中繼續騙自己。我也不想否認在我身上發生的事，不然那個人的罪行就會被洗掉，而現在的我會持續被糾纏。但是智妮，每當我看到妳，看到昇昊，我心裡就會一直冒出把這一切都當作沒發生過，應該要努力忘記的想法。只要我能忘掉，只要我覺得沒關係，我們所有人都會皆大歡喜，我們就能像以前那樣過日子，可是我爲什麼就做不到呢……我的心裡充滿了奇怪的自責情感，就像雪一樣扎扎實實地堆起來，然後將我凍結。

爲了活出我自己，我決定放下對我來說很珍貴的事物。一開始是這樣，我不能只抓著我喜歡的東西，把不喜歡的全丟掉。旅行期間，我嘗試回憶我所愛的人和珍貴的回憶，把想起來的回憶筆記起來，仔細地想，我的人生是否可以沒有這個人，我是否能拋棄這一切。

可以。我可以歸零。

智妮，我會努力讓往後的日子不痛苦、不再受傷，因爲我必須比那個人活的還要久，比他活得更健康，好好地活著，直到他死的那天讓他認罪。因爲等到有一天他變得狼狽不堪、無比脆弱時，我會要他付出代價。雖然我還不知道要用什麼方式讓他付出代價，可能要看到時候我成爲什麼樣的人吧。

妳可以把我想得很壞，恨我也可以，因爲妳是唯一一個會埋怨我，卻仍會爲我加油的人。

我想到更遠的地方去。

我想知道我到底想要什麼、能做什麼。

我不想再忍受自己，我想和自己好好地生活。

姊姊

2014年11月7日

p.s. 雖然我眞的不想寫這些，但我還是寫了。或許妳已經知道，但以防萬一我還是寫了。

如果妳被性侵，一定要留下證據。不管是錄音還是拍照，都一定要留下證據。不要洗澡，要馬上去警察局。當時穿的衣服和內衣褲都要帶著。沒有一個地方是安全的，家裡、外面都很危險，人多、沒人的地方也很危險。不管是城市、鄉下、公車、計程車，開放空間、密閉空間都很危險。「應該還好吧」這種想法很危險，如果對方鐵了心想對妳做什麼，他一定會犯罪。我不會叫妳要小心，而是如果能殺了他就殺了他，我的意思是要妳活下來。

小時候智雅想學各種語言，想沉浸在不懂的語言之中。二十五歲的智雅眞的做到了。她在澳洲當了一年的服務生，在德國賣了一年的冰棒，在日本濾了半年的咖啡，也曾短暫待過中國和尼泊爾。即使待在陌生的語言中，智雅也感受得到歧視和蔑視的話語、眼神、行動。總之就是感覺得到。因爲她是東方人、是女人、是韓國人，因爲和別人不一樣。人們會罵她、嘲笑她，而智雅總是用那些人不懂的語言回擊。可怕的人很多，溫柔的人也很多，但可以確定的是既溫柔又可怕的人更多。智雅能對在國外遇到的外國人說，２００８年７月14日發生的事和之後人們的反應。有的人會站在她的立場上想，有的人會安慰她，並譴責堂叔。但智雅不在乎他們是否眞的這麼想，重要的是即使不是用韓語，也能斷斷續續地將那天的事說出來。

智雅一直在思考，自己想做的事，自己做得到的事。她想了解自己，了解堂叔和那些偏頗的人，想了解人類，想窺探人的精神和心理。她不想先知道再做出反應，而是希望即使爲時已晚，還是能從中得到領悟。從小看完書，她都會對神感到好奇，也會想像自己的人生像是一篇小說，只要這麼想，不管發生什麼事，未來都能走下去。現在智雅無法看小說，但是總有一天可以，而那天一定會到來。

在回韓國的飛機內，智雅想到自己，想到自己就想到堂叔，因爲自己想譴責一切，所以把神給拉了進來。智雅的神是事情發生之後出現的存在，因爲知道這世界的一切事物、所有人和所有道理，所以有很多恐懼和煩惱。智雅的神無法隨心所欲讓事情發生或不發生，是凝視一切，聽這個世界的埋怨，並爲此感到抱歉、難過的存在。如果神只做到這點，那麼祂就是智雅的信仰。

在江陵考聯考、決定主修的時候，阿姨曾經說，雖然就業和發展性很重要，但是我希望妳選一個能夠了解自己內心的學系。那時智雅選擇了心理學系，但是卻沒能畢業。

智雅決定重新開始。

她想聽人們說話。傾聽他們的憂鬱、痛苦和不安，她想對這些人說，不是你的錯。她將手貼在左邊的牆壁走，偶爾用跑的，雖然會花上把迷宮所有的路都走完的時間，但是總有一天會走到出口，但現在對她來說，出口不重要。總有一天，她會用觀察自己內心的眼睛來看別人的內心，幫助他們收起腿站起來，幫助他們將手貼在左邊的牆面上，並牽起他們的右手。還有，一輩子用看著別人內心的眼睛探視自己的內心。智雅眞心希望自己做得到。

在十幾歲的時候智雅很常看到成爲大人的自己，成爲大人的自己有某個地方很像年輕的阿姨。以爲自己會聽很難的音樂，把曲名背得滾瓜爛熟，總是一個人走路，奇怪的是季節永遠都是秋天。總是秋天的背景，穿著秋天的衣服，然後有點蕭瑟冷清。智雅相信自己所看到的。相信十幾歲的自己和二十幾歲的自己是共存的，十五歲的李智雅和十八歲的李智雅並沒有消失，而是活著看著二十五歲的李智雅、二十七歲的李智雅。智雅想保護的十七歲李智雅正看著的大人李智雅，而智雅也想看，看三十七歲、三十九歲、四十七歲、五十九歲的自己，看在世界的某個角落同時活下去的稚嫩的、年輕的、年邁的李智雅。

智雅還是會看星星，看著仙后座，想到昇昊，看著北極星想到阿姨，看到太陽就想起智妮。想起在那裡閃閃發亮的他們。想起遠看似乎近在眼前，但近看反而離自己很遙遠的他們。而智雅還是會想起堂叔。

現在智雅眼前有一塊蛋糕。雖然一開始不是這一小塊，但也因爲被切成這一小塊，讓它又成了完整的一塊蛋糕。智雅爲蛋糕插上和點燃蠟燭，智妮和昇昊也在某個地方，或許連阿姨也正在唱著歌吧。邊拍手邊唱著《爛泥蟲》。

智雅出生的時候，人們帶著虔誠的心聽著鐘聲，爲彼此祈求幸運，互訴祝福，想著自己最珍惜的人許願。

收音機傳來午夜的通知，鐘聲即將響起。

是許願的好時機。

總有一天我會去見妳，我一定會去見妳。

—後記—

曲終卻未完的故事——黃玄進

夏天的時候我們去蒙古旅行，除了我和眞英之外還有幾個朋友一起。十天的旅行，我們一直都同房。蒙古的夏天晚上很冷，我們每個晚上都會在暖爐點火，坐在暖爐旁邊，喝著紅酒和啤酒東聊西聊，聊我們所愛的事物、雖然不愛但可以理解的事物。喝到酒酣耳熱之時，就走出下榻處，抬頭望著星空。

眞英總是先上床睡覺的那個。她睡了之後，我便往暖爐再添點柴火，獨自站在房間裡環顧房間，再把火給熄了。眞英挑的床位差不多在電燈開關下，每次我想關燈，將手伸向開關時，總是會俯視她已經入睡的臉。睡得真熟。在覺得安心的同時，偶爾也會怕睡不著而焦慮。

嘎噠。關燈後，房內霎時一片黑，即使睜著眼睛也像閉上眼睛一樣，有時候反而要閉閉眼睛才能看得更清楚。好黑。我怕我會往真英的床的方向跌倒，只好一邊倒退，停停走走地走到我的床。我什麼也看不到。閉上眼，我便看到關燈前短暫俯視的真英的臉龐，她的臉在我的眼裡留下殘像，清晰地浮上眼前，等到模糊消散之時，黑暗才又找來。

直到房間深處都被照亮，我才不得已地睜開眼睛。每次真英都會坐在對面的床上問我：

「妳醒了嗎？」

真英大概也看著睡覺的我好一陣子，我不知道她是什麼時候醒來的。昨晚看著入睡的她所感到的心安消失地無影無蹤，突然擔心起來該不會她做了惡夢，又或是我做的夢被她發現。我們待的地方約十點太陽才下山，到了五點左右又再升起，現在回頭想想，只是因爲那裡的夜特別短……

我們去旅行吧。

當我對眞英這麼說，眞英傳了這樣的訊息給我：

「謝謝妳邀我一起去。」

因爲我邀她去旅行，所以她多了很多事要做。她說這輩子除了去濟州島的時候搭過飛機，就再也沒有搭過了。所以當然連護照也沒有。最先要做的事就是拍證件照，她也說連上次拍證件照不知道是什麼時候的事了。她拿到護照後非常興奮，說好像多了一張可以證明身分的身分證，有種變成大人的感覺。眞替她感到高興，因爲她就像得到了許可，以後不管是什麼時候，都能離開到任何地方。

但是沒想到離開竟是如此曲折。我們的班機延誤了四小時才出發。她說，眞不簡單。我們從機場的落地窗向外看著霧氣闖入又消散的光景，趕著離開的飛機，直到抵達都晃動了好幾次。她冷靜地說，這種死法也不錯。入境審查的時候也只有她無法順利通關，我們一行人中她的護照照片應該是最新的才是，於是最晚通過審查的她問我，自己和照片裡的臉是不是長得很不一樣。

「怎麼可能，眞的不一樣的是我們吧。」

我的護照照片已經是八年前的臉孔了。

結束旅行回到韓國後我讀了眞英的小說。「謝謝妳告訴我如果睡不著可以開燈。謝謝妳找我一起去吃筋麵。」(P.219) 每次看智雅的日記，我就會想起我們聊天的內容。「謝謝妳對我說那句話。」好像光是跟她說話就像送禮給她一般，眞英經常向我道謝。謝謝這句話還眞奇怪。我似乎也因爲感激，經常學著她說，謝謝妳向我說謝謝。她有一股奇特的力量，把其他人也同化成她。

當我在閱讀智雅寫給智妮的信時，讓我想起我們剛開始旅行的時候，或許眞英是邊想像智雅的旅行邊準備的也說不定。現在算算時間，的確很有可能。最後智雅說她可以感覺到自己一個人也沒關係的時候，坦承自己或許又會感到不好的時候，讓我一次次想到我們在一起的這十天。眞英延續了智雅的旅行，回到首爾後，當我閱讀這本小說，又再延續給我，這段漫長的旅程是超越二次元世界的共鳴。

我知道。沒有比邊讀小說邊想起作者來更蠢的事了，但是讓我不知所措的是，發生與此相反的情況。

眞英和我曾有過這樣的對話。

「姊，妳有過這種感覺嗎？這輩子好像都過完了的感覺？我有時候眞的會這樣覺得。」

側躺在異國的陌生房間、單人床上準備睡覺的人，第一次離開平常生活的地方的人，同時是眞英又是智雅的人。

有天晚上，我們抬頭看著天空，她曾告訴我：

「據說一萬兩千年後北極星會換成別顆星。」

看著我一臉驚訝，她補充說：

「沒關係，那時候我們都不在了。」

在行駛的車內她也會唱歌，在過湖的同時，也會像高聲喊叫般地唱歌，但她每次唱的都是《爛泥蟲》。辛炯琬的《爛泥蟲》這首歌是這樣開始的：

無論再怎麼堅持也無可奈何，那爛泥搭的墳就是我的家。
無論再怎麼付出真心也沒有朋友，連唱歌的鳥兒也遠遠飛走。
別走啊，別走啊，你們別走啊。

她每次都從這首歌唱起。
沒辦法，我就是爛泥蟲啊。

眞英記得的歌曲很多，可以毫不停歇地唱著歌。她的小說中有一本叫做《未完之歌》（Hanibook出版社，2011），那本書的前言有一句話：「別人微小的不幸也可能殺了我。」反之，這句話也有自己微小的不幸也可能殺了別人的意思，說到底那是對不幸所下的定義。

2008年7月14日。時間並未前行，反而老是回溯，就像未完之歌，不斷回放。抓了水果刀放進包包裡，恐懼也沒有消失。恐懼喚起了疑心，等到人們都走遠了才消失，只剩下智雅一個人。人們可能不清楚，歷經過暴力和不幸的人的恐懼總是伴隨著疑心。

因爲人們不會想了解「你也是壞人嗎？」、「你是會做那種壞事的人嗎？」

這樣的疑心背後的眞心是什麼。即使人們都說好就是好、認識後會發現大家都是好人，但是不管怎麼安撫害怕會被二次傷害的恐懼，還是平復不了。這片黑暗不會這麼輕易就讓疑心消散、從不幸的枷鎖中解放。智雅最害怕的其實是有很多人曾經遭遇和自己類似經驗的直覺，和未來這樣的人只會更多的預感。疑心背後的眞心裡，對於我們所有人是否平安、安全的恐懼占最大部分。如果你撇開害怕自己的未來又同時擔心我們的人、將「我」這個字帶入「我們」這個概念的人之後，還自居不幸，眞的很壞。

將我們融入我這個單字。如果想把多數人的人生包含進狹小的第一人稱裡，有哪個單字能夠綜合反映出這艱難的過程呢？再怎麼想，也只有「人生」這個單字了。不只沒有相反詞，就連相似詞都沒有。那麼時間便不只是流動而已，或許時間是透過人生才能無限擴張。如果時間僅只是流動，那麼時間和死亡是否終究是相同的東西。所以不幸並非死亡，死亡也不是不幸。不幸是害怕人生只剩下恐懼，換句話說，就是時間凝滯，就這樣停止不前地活著。

在距離首爾約三千公里遠的地球北方。一早我們的下榻處的前院，住在附近的當地人會來這裡鋪著墊子，在上面擺起各式各樣的紀念品。大部分都是帽子、圍巾、襪子、包包、娃娃、手環等等小巧可愛的東西。逛了好一陣子，眞英挑了一把刀。大約一個手掌長，但拿在手上挺沉的，刀鞘中間有塊藍色的石頭，旁邊刻著幾何紋路，是一把漂亮的刀。刀刃雖鈍，但是刀尖尖銳，用看的也覺得是把可怕的刀。我跟眞英說不要買刀，買其他的吧，但是她沒聽。那天晚上，她說：

「姊，我很怕刀，只要家裡有刀我就會害怕。」

那妳爲什麼還買呢？爲什麼只買刀？我本來想這樣問她，但總覺得如果是她，這麼做應該有她的理由，所以就沒問了。總覺得那把刀和她有相似之處。

鎖在家裡的刀，不發光，像揣在懷裡的寶石，像只露出一半的自己，一半埋在土裡的石頭，美得危險。

小說家崔眞英是將「我們」這個單字解釋爲「不幸的集合體」的作家。對因爲害怕人生而將自己冰封的人們來說，她會毫不猶豫地靠近，以短刀的刀刃將冰塊擊碎。讓我們一起害怕吧。或許她爲了說這句話才買下那把刀也說不定。

一天夜裡，眞英把我叫到外頭。

「姊，那裡有個跳舞的好地方。」

我趕緊追出去一看，是月亮下方。我們正對的地方有月亮，我沒想過月亮竟會在我的眼前，感嘆之際，她唱起歌來。我本來以爲她只會背《爛泥蟲》，沒想到她把整首《飛天萬能車*》都唱完了，邊跳邊唱，我們在彼此周圍旋轉。我問她怎麼會記得這麼多歌，她說：

「因爲是我喜歡的歌啊。」

崔眞英大概會把我們的人生都寫下來吧。不管是走過什麼樣的過去，抑或前往什麼樣的未來，她會證明自己會這樣寫下去。她會將一切不幸的集合體，以第一人稱的歌曲繼續唱著。

黃玄進——小說家

---

* 原曲名為《Chitty Chitty Bang Bang》，為電影《飛天萬能車》的同名插曲，曾獲第41屆奧斯卡金像獎最佳歌曲提名。

作者的話

在冷颼颼的夜裡，幫我生火、總是對我送上溫暖微笑，甚至幫我寫後記的玄進姊；

和我一起修飾「李智雅」故事的崔賢宇（최현우）；

還有將「李智雅」故事讀完的所有人，我想向你們說聲謝謝。

還有，

2019年1月到3月我重寫了本來於2017年10月到12月連載於〈文學3〉文學網站上的「李智雅」的故事。2017年我還不了解智雅，現在我也稱不上完全了解智雅的故事，但是也並非一無所知。

有時候人物會先接近我。這話聽起來一定很奇怪，但是是眞的。智雅會從四點鐘或八點鐘方向看著我，或是對我毫不理睬，或是待在辛苦的地方，又好像在等待時機似地朝我走來，站在我面前。智雅不會說明自己。我認識妳，妳不是也認識我嗎?只是以這種意涵的眼神看著我。我故作鎮定，不知所措但同時覺得「我太慢了」。我並非不知道智雅在哪裡，而是智雅站到一旁獨自成長。這次，我又太慢了。

寫稿的時候，寫完稿之後，我怕智雅會因爲孤單而害怕。雖然我想持續和智雅對話，但有時候智雅似乎不喜歡這樣的我。智雅會忍著不回答我，反而讓我覺得鬆了口氣。或許我不是不願留下智雅一個人，而是不願獨自留下想著智雅的自己。

現實中的某個智雅身邊，應該沒有像智妮和昇昊這樣的存在，也沒有像阿姨這樣的大人。我知道很多人無處傾訴、孤軍奮鬥，或是在旁觀和懷疑中獨自苦撐，所以無論我在寫或許能安慰智雅的場面時，或是描寫智雅的痛苦時，我都很猶豫。

即使某個人傷害我，我也總是從自己的錯開始找起。找不到錯時，便將他人的錯理解爲失誤，深信如果自己做得好，就不會有任何問題。本來我以爲「成熟」是一種稱讚。我不知道成長的過程中我想要的是什麼，一直到長大成人我才明白，我想要的是至少能出現一位懂得說「對不起」的大人，會對我說「這不是你的錯」的大人，而不是咎責、漠視或想裝什麼事都沒發生的大人。直到現在我還是習慣先從自己身上找錯誤，因爲我已經是一位必須得如此的大人了。有時候我會想，夜裡如果在熟悉的情緒中哭累，卻仍然無法入睡，那麼與其日復一日相同的夜晚，那麼還倒不如全身動彈不得。

我對智雅說，我成了這樣的大人。
我會繼續向她喊話，我也會成爲努力的人。

還有，

今天智雅也記錄了她的一天。智雅她在看，智雅她也在聽，她偶爾會奔跑，用盡全力奔跑。智雅認識我們，而我們不可能不知道智雅是誰。

2019年秋
崔眞英

李智雅姊姊，現在終於能說了
이제야 언니에게

作　　者　崔真英
譯　　者　曾晏詩
社　　長　張瑩瑩
總 編 輯　蔡麗真
編　　輯　蔡欣育
行銷企劃　林麗紅
封面設計　劉孟宗
內頁排版　劉孟宗

出　　版　自由之丘文創事業 / 遠足文化事業股份有限公司
發　　行　遠足文化事業股份有限公司
地址：231 新北市新店區民權路 108-2 號 9 樓
電話：(02) 2218-1417　傳真：(02) 8667-1065
電子信箱：service@bookrep.com.tw
網址：www.bookrep.com.tw
郵撥帳號：19504465 遠足文化事業股份有限公司
客服專線：0800-221-029

讀書共和國出版集團
社長：郭重興
發行人兼出版總監：曾大福
業務平臺總經理：李雪麗
業務平臺副總經理：李復民
實體通路協理：林詩富
網路暨海外通路協理：張鑫峰
特販通路協理：陳綺瑩
印務：黃禮賢、李孟儒

法律顧問　華洋法律事務所蘇文生律師
印　　製　成陽印刷股份有限公司
初　　版　2020 年 11 月

歡迎團體訂購，另有優惠價，請洽業務部 (02) 2218-1417 分機 1124、1135

國家圖書館出版品預行編目 (CIP) 資料

李智雅姐姐，現在終於能說了 / 崔真英著；曾晏詩譯．初版．新北市：自由之丘文創， 遠足文化，2020.11 256 面 ; 12.8×19 公分

ISBN 978-986-98945-6-2(平裝)

862.57　　109015162